アドリアン・イングリッシュ 1

天使の影

ジョシュ・ラニヨン

冬斗亜紀〈訳〉

Fatal Shadows

by Josh Lanyon

translated by Aki Fuyuto

Monochrome Romance

Fatal Shadows
by Josh Lanyon

天使の影
Fatal Shadows
Adrien English 1

CHARACTERS

ポール・チャン……………………LA市警の刑事
タラ……………………ロバートの元妻
ブルース・グリーン……………………「ボーイタイムズ」の記者、ゲイ
テッド・フィンチ……………………共犯同盟のメンバー
ジーン・フィンチ……………………共犯同盟のメンバー
マックス・シドンズ……………………共犯同盟のメンバー
グラニア・ジョイス……………………共犯同盟のメンバー

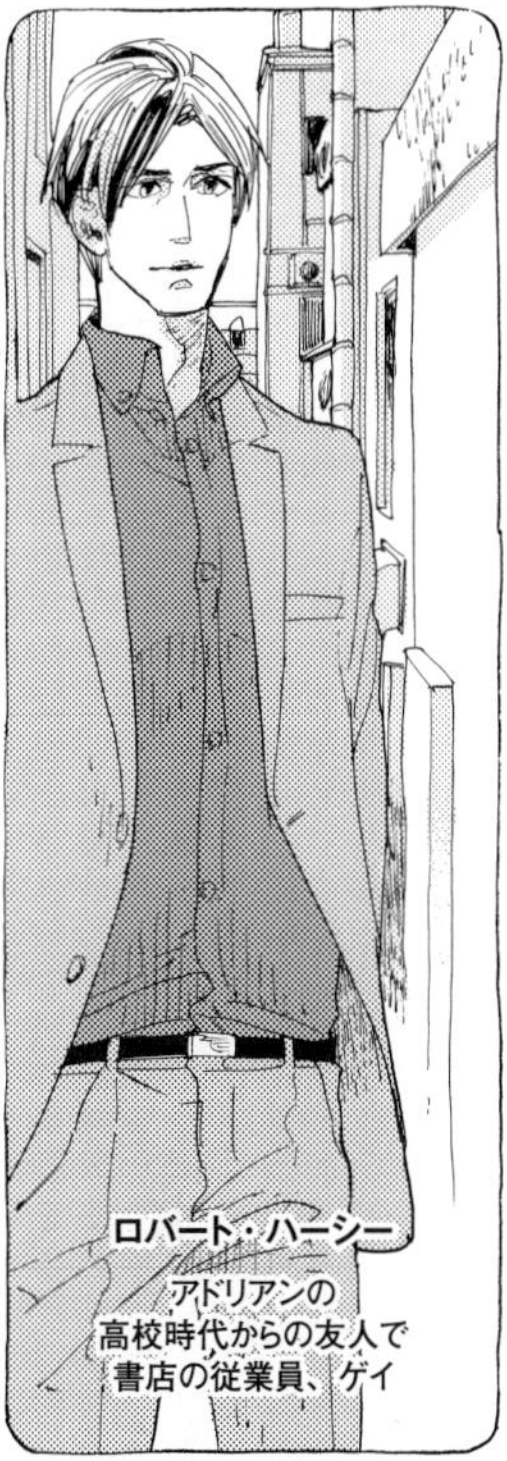

アンガス・ゴードン	アルバイトの大学生
リサ	アドリアンの母親
アンドリュー・チン	高校のチェスクラブのメンバー
グラント・ランディス	高校のチェスクラブのメンバー
リチャード・コーデイ（ラスティ）	高校のチェスクラブのメンバー
フェリス・バーンズ	高校のチェスクラブのメンバー
ミスター・アトキンス	チェスクラブの顧問

人生には仮面がつきものだ
一生続くカーニバルのために
ラルフ・ワルド・エマーソン

1

一九九九年、ロサンゼルス　オールドパサデナ

朝食よりも早い時間に、刑事がやってきた。コーヒーも飲まないうちから。それでなくとも今日は月曜だというのに。

僕はおぼつかない足取りで一階へ下り、正面のガラスドアの鍵を開け、装飾的な格子のセキュリティドアも開けて、刑事たちを店内へ入れた。二人。私服の刑事。

二人は警察のバッジを見せた。チャンと名乗った刑事は年上で少し腹が出て、くたびれた服装で、すれ違うとオールドスパイスのアフターシェーブローションと煙草の匂いがした。

もう一人の刑事、リオーダンは大柄で、軍隊風に短く刈った金髪と黄色がかった琥珀の目をしていた。いや、本当のところは目の色までは見てとれなかったのだが、その目はまばたきもせずこちらを見据えていて、まるで壁の穴から出てくるネズミを見張る猫のようだった。

「残念なお知らせをしなくてはなりません、ミスター・イングリッシュ――」

チャン刑事が、オフィスへ向かって本棚の間を歩き出した僕にそう切り出した。

僕は足をとめずに歩きつづける。まるで、そうしていればすべてのお知らせから逃げきれるかのように。

「――こちらの従業員、ロバート・ハーシーという方についてですが」

歩みをゆるめて、僕はゴシックロマンスの棚の前で立ちどまった。憂《うれ》い（それに透けたネグリジェ）をまとった少女たちの姿が目に入る。振り返って、刑事たちに向き直った。二人の表情は、仕事用の仮面のようでもあった。

「ロバートがどうしたって？」

冷たい予感が腹に溜まる。こんなことならきちんと靴を履いてくるんだった。裸足で、顔も洗っていない今の自分では、悪い知らせに無防備すぎる気がした。ロバートに関することなら悪い知らせに違いないのだ。

「ロバートは死んだ」

そう言ったのは背の高い方の刑事、リオーダンだった。

「死んだ……」

僕はおうむ返しにした。

沈黙。

「驚いているようには見えないな？」

「勿論《もちろん》驚いてるよ」驚かないわけがない。だが心が痺れたようだった。「何があったんだ？ロバートはどうして死んだ？」

二人は探るような目でこっちを見つめつづけていた。チャン刑事が口を開く。

「誰かに殺されて」

心臓が乱れた鼓動を打ち、肋骨の中でドクドクと暴れ出した。なじみのある虚脱感が全身にひろがっていく。手が、支えられないほどずっしりと重くなってきた。

「座らせてくれ」

呟き、向きを変えると、僕はオフィスの方向に歩き出した。本がみっちりと詰まった本棚にぶつからないよう手をのばしながら。ざわざわと耳の中で鳴る音の向こうに、ついてくる二人の規則正しい足音がどうにか聞こえていた。

オフィスのドアを押し開け、デスクまでたどりつくと、ドサッと椅子に腰を下ろした。引き出しを開けて中を探る。デスクの上の鳴り出した電話が薄っぺらい静寂を引き裂いた。無視して薬を探し出すと、なんとか蓋を取って手のひらに二錠振り出した。昨日から机に置きっ放しの——何だったか——缶飲料でそれを流しこむ。Ｔａｂだ。ぬるいダイエットコーラ。おかげで少ししゃっきりした。

「失礼」とＬＡ市警の刑事たちへあやまる。「それで？」

その時、一度は切れた電話がまた鳴り出した。四回目のベルの後、リオーダンがきつい口調でたずねる。

「出なくていいのか？」

僕は首を振った。「一体どう——ロバートは、誰に……？」

電話がとまる。静寂が、ベルの音よりも神経にさわった。

「ハーシーは昨夜、自分のアパートの裏路地で刺殺されて発見されました」

チャンがそう答えた。リオーダンがすぐに続ける。

「ハーシーについてどんなことを知っている？　彼とはどのくらい親しかった？　彼がここで働いていた期間は？」

「ロバートは、高校の時からの友達だ。ここでは一年くらい働いてもらっている」

「何かトラブルはありましたか？　従業員としてはどうでした？」

僕はまばたきしてチャンを見上げた。

「……どうって、普通の」

と、最後の質問にやっと答える。リオーダンがたずねた。

「あんたとハーシーは、どのくらい親しい友達だったんだ？」

「どのくらい？」

「ハーシーと寝てたのか？」

口を開けたが、何も言葉が出てこなかった。

チャンがちらりとリオーダンへ視線をとばし、質問を言い直す。

「彼とあなたは恋人関係でしたか？」

「いいや」

「だがあんたはホモセクシュアルなんだろう？」

この問いかけはリオーダンからだった。ぴんと背すじをのばした彼は、その冷たい目で僕を値踏みし、どうやら人間として重大な何かが欠落していると見なしたようだった。

「僕はゲイだよ。それが何か？」

「ロバート・ハーシーもホモセクシュアルだったんだな？」

「それとこれとを足したら殺人罪で牢屋に放りこまれるとでも？」

薬が効いてきて、少し気力が戻ってきた。怒りを覚えるくらいには。

「ロバートとは友人だった、それだけだ。彼が誰と寝ていたのかは知らない。相手は大勢いたからね」

チャンがその言葉を書きとめる。ロバートが見境がなかったかのように言うつもりはなかったのだが――自分でもわからない。正直、まったく事態が把握できていなかった。

ロバートが殺されたなんて、信じられない。殴られた、逮捕された、それならわかる。ありそうなことだ。死んだにしても車の事故とか――あるいは自慰中に首にロープを巻いてうっかり事故死という方がまだ納得がいく。だが、殺された？　現実とは思えなかった。あまりにも――夜のニュースで報道されている、遠い世界の話のようだ。

本当にロバートなのかと、聞き返したくてたまらなかった。だがこの刑事たちはそんな質問を毎度聞かされているに違いない。

虚空をじっと見つめていたのだろう、いきなりリオーダンが聞いた。

「大丈夫か、ミスター・イングリッシュ？　気分が悪いのか？」

「大丈夫だよ」

チャンがたずねた。

「よければハーシーの会っていた――男友達の名前を教えてもらえませんか？」

男友達。遠回しな言い方にかえって気持ちが逆なでされる。

「わからないよ。ロバートとはあまり個人的なつきあいがなかったから」

リオーダンは僕の返事を聞き逃さなかった。

「ハーシーとは友人だったと思ったが？」

「友達だったさ。ただ……」

刑事たちは言葉の続きを待っていた。チャンがリオーダンへちらっと視線を投げる。チャンの方が年上だが、どうやら主導権はリオーダンが握っているようだ。つまりは要警戒人物。

僕は慎重に続けた。

「友達だったが、ロバートは僕の店の従業員だ。そういうことが友人づきあいの邪魔になる、そんな時もある」

「具体的には」

「要するに、日中ずっと一緒に働いていたら、夜には別の相手の顔が見たくなるってことだよ」

「成程。最後にミスター・ハーシーに会ったのは？」

「昨日、一緒にディナーに行って――」

ロバートとは個人的なつきあいがないと言ったばかりだった。チャンがそれを指摘したそうな顔をして、僕は言葉を切り、ぎこちなく続けた。

「その後、ロバートは友人に会いに先に出ていった」

「友人とは？」

「詳しいことは何も」

リオーダンが疑り深そうにたずねた。

「時間は」

「何の時間？」

辛抱強く、一般市民の愚かさに耐えつづけてきたプロフェッショナルらしく、リオーダンは言い直した。

「何時に、どこでディナーを取った？」

「六時頃、サンタモニカ大通りのブルーパロットで」

「いつ帰った？」

「ロバートは七時ぐらい。僕は残って、バーで少し飲んだ」

「ハーシーが誰に会うつもりだったのかわからないか？　ファーストネームや、ニックネームは？」

「わからない」

「彼はまず自宅へ戻るつもりだったのか、それともどこかで待ち合わせだったか？」

「知らないよ」僕は眉を寄せた。「多分、どこかで待ち合わせてたんだと思う。ロバートは腕時計を見て、遅刻だとか、着くのに十分ぐらいかかると言っていた。もし家に帰ってたら三十分はかかった筈だ」

チャンが小さな手帳にその情報を書き留めた。

「ほかに何かありませんか、ミスター・イングリッシュ？　最近のミスター・ハーシーに誰かを恐れていたようなそぶりは？」

「いいや。そんなのは一度も……」

僕は考えをめぐらせた。

「何でだ？　強盗じゃないのか？」

「ミスター・ハーシーは、上半身と顔を合わせて十四カ所も刺されていました」

その言葉に血がまた脳天からすうっと引いていくのがわかった。リオーダンが勿体ぶった調子で引き取る。

「その手の傷は、一般的に言って知人や友人による犯行を示唆《しさ》するものだ」

どんな質問を浴びせられたのか、その後はあまりはっきり覚えていない。根掘り葉掘り、そんな感じだった。一人暮らしか？　どこの学校へ行った？　この書店をいつから経営している？　仕事以外には普段どんなことを？

名前の綴りも確認された。

「アドリアンだ、ｅがつく方のアドリアン」

そうチャンに説明すると、チャンがほんのかすかにニヤッとした。二人は手間を取らせたことを僕に感謝し、また連絡すると告げる。

オフィスから出ていく寸前、リオーダンがデスクから空缶を取り上げた。

「Ｔａｂか。まだ売っているとはな」

ぐっと、いともたやすく缶を握りつぶすと、彼はそれをゴミ箱に放りこんだ。


刑事を送り出し、店のドアの鍵をかけようとする前に電話が鳴り出した。

一瞬、ロバートが、毎度のごとく病欠の連絡をしてきたのではないかという考えが頭をかすめる。

『アドリアン！　ベイビー《モンシュ》』

だが受話器から聞こえてきた、さえずるような高い声はクロード・ラ・ピエーラのものだ。ヒルハースト通りにあるカフェ・ノワールのオーナーで、もうお互い三年ぐらいのつき合いになる。長身で美しい黒人だった。まちがいなくアメリカ南部の出身だと思うのだが、まるで頭を打ったフランス人作家のようにいい加減でごった煮のフランス語を使うのだ。

『今事件のこと聞いたわ！　なんてひどい……信じられない。夢だと思いたいけど……』

「警察がついさっきまでここにいたよ」

『警察？　なんてこと《モンデュ》！　どんなこと言ってた？　犯人はわかってるの？』

「まだだと思うよ」

『何か聞かれた？　警察に何話したの？　私のことは言った？』

「言うわけないだろ」

はあっと、彼の安堵の溜息が電話をつたわってきた。

『そりゃそうね！　関係《セルテヌモンパ》ないし。でもあんたはどうなの？　ねえ大丈夫？』

「どうだろう。まだわけがわからなくてね」

『ショックだものね。ランチ食べにいらっしゃいよ』

「無理だよ、クロード」

食べ物のことを考えるだけで吐きそうな気分だった。

「僕は——店番の代わりもいないし」

『仕事なんかいいじゃないの。食べなきゃ駄目《だめ》よ、アドリアン。一時間ぐらいちょこっとお店をしめて。いいえ、今日は一日お休みにしちゃいなさいって！』

「考えとく」

曖昧な約束でごまかした。

クロードとの電話を切った途端、また電話が鳴り出した。僕はそれを無視して、とぼとぼと二階へのぼった。シャワーを浴びたい。

だが上の階へつくと、カウチに身を沈め、両手に顔をうずめた。キッチンの窓の向こうでは鳩がクゥクゥと鳴き交わし、朝の通勤ラッシュの音が遠く流れてくる。

ロバートが、死んだ。

信じられない気もしたし、当たり前の出来事のような気もした。脳裏では無数のイメージが、不吉なスライドショーのように次々と流れていく。十六歳のロバート、ウエストバレー校の白いテニスウェア姿で。ロバートと僕、プロムの前夜にアンバサダーホテルで飲んだくれてよろよろしていた二人。結婚式の日のロバート。

昨夜のロバート——怒りに歪んだ、まるで別人のような顔。

もう、仲直りはできないのだ。二度とさよならを言うチャンスすらない。僕は袖で目を拭い、階下で鳴りつづけているくぐもった電話の音に耳を傾けた。立って着替えなければ。店も開けないと。だがカウチから体は動かず、ぐるぐると頭の中を思考がめぐっては、不安ばかりをかきたてていた。

何か不吉なものがせまってくるのがわかる。僕をめがけ、包囲が縮まってくるのが。ロバートが死んだばかりでこんなふうに考えるのは薄情かもしれないが、人生の半分以上をロバートがもたらす災難からの脱出に費やしてきた経験上、嫌な予感しかしなかった。

この七年間、僕はオールドパサデナで書店を経営し、その二階に住んでいる。クローク&ダガー書店、新刊から古書のミステリまで扱い、ゲイとゴシック系の犯罪小説の品揃えはロサンゼルス随一と言ってもいいだろう。火曜日の夜にはミステリ作家たちのワークショップも開かれていて、そのお仲間にそそのかされ、ついに月刊のニュースレターを出すことも決まっていた。

僕自身もミステリを書いていて、一冊目の出版が決まっていた。『殺しの幕引き』というタイトルで、ゲイのシェイクスピア役者がマクベスの上演中に殺人事件を解決しようと駆け回る話だ。

商売はうまくいっていた。人生もなかなかだが、特に仕事は文句のつけようがない。あまりに忙しくて店を切り回すだけで精一杯で、次の本を書く暇がないほどだ。そんな時、またロバートがふらっと僕の人生に姿を現したのだった。

ロバートと、タラ——高校時代の彼の恋人（の代表格）——との結婚は、結局うまくいかなかった。離婚は、ロバートが「女王様の身代金」と苦笑していたほど高くついたらしい。九年の結婚生活、そして二人の子供と身重の妻に背を向けて、ロバートは中西部からロサンゼルスへ戻ってきた。金にも身の振り方にも困って。あの時は、お互い素晴らしく都合のいい再会に思えたものだ。

ぼんやりとしたまま、僕はソファから立ち上がるとバスルームに向かった。八時五分に容赦なく鳴ったドアブザーに中断されていたシャワーとひげ剃りにとりかかる。

まず熱いシャワーを出した。湯気で曇った鏡に映る自分の顔に眉をしかめ、さっき刑事が言い放った「だがあんたはホモセクシュアルなんだろう？」という問いの響きを思い出していた。「下劣な生活をしているんだろう？」と聞かれたも同然の言い方だった。

しかし、何から判断されたのだろう。リオーダンは僕の何を見てゲイだと思ったのか。少しのびた黒髪と青い目、色白で痩せた顔、アングロ系のご先祖から受けついだ姿見た目のどこかに「ホモ」と大書きされているとでも？

最近の警察は装備としてゲイ発見レーダーを支給しているのかもしれない。さもなきゃ〝ゲイ度チェック表〟のようなチェックシートがあるとか。〝ホモセクシュアルを見分ける百の方法〟とか、いかにも一九六〇年代あたりに書かれていそうなハウツー本を配っているとか。昔は僕もお気に入りの〝ゲイチェック〟リストを冷蔵庫に貼っていたものだった。痩せすぎ（またはマッチョすぎ）、やたらとポーズを決める、浮ついた言葉づかい（キレイ、カワイイ、ステキとか）、度をこした焼きもち……。

何がおもしろいんだ？　とメル——昔の恋人——が苛立ちをこめてそう言い、冷蔵庫のメモを剥がされたこともある。

ああ、やはりリストにのせておくべきだった、〝歪んだユーモアセンス〟も。なあ、メル？お笑い草だよ、「あんたはホモセクシュアルなんだろう？」だとさ！

それにしてもやはり一体どうしてリオーダンは僕を告発——比喩的にだが——したものだろう。ほとんど自動的な動作で、僕はシャワーを浴びて体を洗い、タオルで拭った。ぼうっとしていたので、服を着るまで十五分もかかった挙句、結局はジーンズと白いシャツという平凡きわまりない選択に落ちつく。我ながら、ファッションセンスばかりはゲイ失格だ。

一階へ下りる。気は重かったが。

どうやら、電話はあれからずっと鳴りつづけていたようだ。取り上げて答えると、相手は記者だった。ボーイタイムズ誌のブルース・グリーンだと名乗る。

事件についてのインタビューを断り、僕は電話を切った。コーヒーメーカーの電源を入れ、また店の正面のドアを開けに行き、それから派遣会社に求人の電話をかけた。

2

沈黙は死に等しい。

それはロバートお気に入りの引用で、客に対してゲイであることを無闇とアピールしないよう——そして客を誘惑しないよう——たのんだ僕に、彼はこの言葉を持ち出したのだった。

（僕はここで本屋をやっているんだ。ゲイの政治集会をしたいわけじゃない、ロブ）

（ゲイであることは人生の一部なんだぜ、アドリアン。ゲイの男がすることは何だろうと政治的な表明なんだ。すべてが政治的——どこの銀行を使うか、どこで買い物をするか、どこで飯を食うか。いつ人前で恋人の手を握るかも――ああ、お前はもう相手がいないんだっけ？）

（くたばれ、ロブ）

あの笑み。いかにも優等生な顔立ちに似合わない、邪悪な笑顔。

店内の何もかもがロバートを思い出させた。僕が残したメモの上に書き散らされた下品な落書き、解きかけのクロスワードパズルを上にして折り返された新聞、カウンターに散らばったピスタチオの屑。

倉庫のステレオをつけると、音楽が店の棚の間まで響き渡った。ブラームスのヴァイオリン協奏曲。甘く切ない旋律が、切り刻まれて倒れていたというロバートのイメージとあまりにそぐわない。

音楽があっても、店は静かすぎた。しかも肌寒い。思わず身震いしてた。書店の建物はとても古く、一九三〇年代に建てられたもので、元はハートマン・ロッジという小さなホテルだった。初めてこの建物に足を踏み入れたのは霧の漂う春の日のことで、母いわくの「あなたのお金」を僕が相続してからほどない頃だった。不動産屋に案内されてメルと一緒にからっぽの部屋を歩き回った、あの日の足音のこだまを、僕は今でも思い出せる。

まるで、僕とメルは二人でまったく違う建物を見ているかのようだった。

メルが見ていたのは穴だらけの壁とささくれた床板、その金食い虫っぷり。僕に見えていたのは、剥げた壁紙でも消えかかった裸電球でも天井の雨漏りの染みでもなく、その向こうに透ける光景だった。たわんだ階段に集まってさざめきかわす、古い白黒映画から抜け出してきたような幽霊たち。帽子と長手袋で装った女性たち、粋な微笑にパイプをくわえた男たち。彼らがマホガニーのフロントデスクの前に立ち、机にのせたスーツケースや旅行鞄をホテルスタッフに預ける姿までまざまざと見えた。

そして、不動産屋が何気なく「五十年前、ここで殺人事件があったんですよ」と口にした瞬間、僕はここを買うと決めたのだった。

メルは反対だった。

（アドリアン、お前の顔を見れば不動産屋には一発でいいカモだってわかっただろうよ）

（えっ、くちばしでも生えてるか？　そりゃ不便だな……）

続いた短い争いは、いつものようにメルの忍耐が切れたところで終わった。

（正気か、アドリアン？　ネズミの糞だらけだぞ！）

古き良き日々は過ぎ去るものだ。やがて僕は、一九三〇年代のビルの配管が現代では使い物にならないことや、二階建てのビルの電気配線を引き直すのにどれだけ金がかかるのか、身をもって学ぶことになる。さらにはいずれ、大手書店の――ボーダーズやバーンズ＆ノーブル、アマゾンといった――値下げ合戦に対抗するには別の武器がなければどうにもならないということを痛烈に思い知らされることになるのだが、それは先の話だ。

まだこの頃は、この世にハッピーエンドが存在すると思っていた。

だが僕は学んだ。古い既刊在庫をしっかり揃えることの大事さや、品揃えのバラエティとクオリティを保つことを学び、読書グループに本を配達することも覚えた。地域のつながりの大事さも学んだ。自分の書店に心血を注ぐすべを身につけた。書店の規模ではかなわない分を、店の雰囲気で補った。

雰囲気というのは、具体的には店内に据えられた贅沢な革張りのソファや、雨の日にフェイクの炎がともされる暖炉、夏の日に客へ提供されるアイスコーヒーのことだ。雰囲気作りのために僕とメルは古道具屋に突撃し、昔の蓄音機や七十八枚のレコード、東洋の仮面、孔雀模様の暖炉用の衝立《ついたて》までも引きずって帰った。その甲斐あって、新聞のイベント欄に書店の情報をのせてもらえるようになった。もっとも、本屋が順調なのは主に惜しみない長時間労働のおかげだったが。

月曜にしては、珍しいほど静かな朝だった。数人の常連が本を眺めている。初めての客がジョゼフ・ハンセンのブランドステッターシリーズを根こそぎ買っていった。ミセス・ルピンスキーがまたハーレクインの陰謀もののロマンスを一山持ちこんできて、ミステリの棚に加えるべきだと言い張った。

僕はロバートがやり残した仕事にとりかかった。先週末、僕が遺品整理の市で買い付けてきたハードカバーの箱も手付かずのままだし、在庫データと照らし合わせるために渡したチェックリストも真っ白で残っている。そのことにかすかな苛立ちを感じ、そんな自分に罪悪感を覚えた。

あちこちに散らかされたロバートの所持品を集めた。つまらないジョークが書かれたコーヒーマグ、数枚のCD。洗面所に買いおきしてある剃刀と歯ブラシ。ほとんどのものは箱に詰め、ハンチントンビーチの老人ホームに入所しているロバートの父親へ送ることにした。

ロバートの最期の瞬間がどうだったのか、そんなことをずっと考えながらすごすのなど御免だ。僕はひたすら動き回って棚の本を整理したり、間違った棚に入っている本を元の位置に戻したり、アドバイスやコーヒーを申し出ては客をわずらわせた。

その間も無意味な、消えない問いが頭を回りつづけている。何故？　どうしてロバートが？何のために彼を殺す？　強盗？　ラリったジャンキー？　警察は違うと言った。彼らは、ロバートを殺したのは知り合いだと考えている。「知人や友人による犯行」というリオーダンの当てつけがましい言葉がよぎった。

つまり、僕の知っている誰かがロバートを殺したということだろうか？　クロードが不安げに「私のことは言った？」とたずねてきたのを思い出す。後ろめたいところがあったということなのか。

十四回。そんな回数、人を刺すなんて、想像すら難しい。知っている誰かがそんな残虐な真似をできるとはとても思えなかった。知らない誰かの仕業だという方がまだ信じられる。どこかのごろつき、通り魔。あるいはゲイ・バッシングの標的にされたという方がまだわかる。

一日はだらだらとすぎていった。数人の友人が電話をかけてきてロバートのことをたずね、驚きや同情の言葉を残していった。犯人の推理もいくつか。

二時頃になると、店の静けさが耐えがたくなった。僕は書店を閉め、車でクロードのカフェに向かった。

カフェ・ノワールは、ぱっと目に入ってくる店だ。外観はポップなピンクの漆喰に黒格子のシャッター。一歩中に入ると、あまりに薄暗くて内装すらはっきりと見えない。床は闇夜の氷のようになめらかで、実際すべりやすかった。わずかにうっすらと、鉢植えの観葉樹のシルエットが見える。

クロードは、入ってきた僕を見てチチッと舌を鳴らした。高い背もたれに囲まれたブースへ僕を押しこみ、「今素敵なものを作ってくるから」と囁いて消える。月曜は本来なら定休日なのだが、クロードは一時も店を離れないようだ。

僕は緊張を解こうとした。頭を背もたれにもたせかけて目をとじる。頭上からエディット・ピアフが「いいのよ、後悔なんかしない……」と歌っていた。僕もそう言いたいものだ。

しばらくしてクロードが現れると、リングイネを盛った皿をテーブルに置いた。パスタの山から、バジルとニンニクの鮮やかな香りがたちのぼる。クロードはワインのボトルを開けて二つのグラスに注ぎ、僕の前に腰を下ろした。

深く、甘ったるい声で僕にたずねる。

「言ったことがあったかしらね、あんたはモンゴメリー・クリフトに似てるって？」

「交通事故の前の彼、それとも後の？」

クロードはくすくす笑った。グラスをひとつ押してよこす。

「赤ワインよ。心臓《ハート》にいいの」

「ありがとう」僕は料理の香りを吸いこんだ。「天国みたいにいい匂いだよ」

「ねえ、あんたは誰か面倒見てくれる人が必要よ、可愛い子ちゃん《マベル》」

クロードは真面目に言っていた。哀愁を帯びた濡れたような茶色の目に見つめられながら、僕はトマトとハーブのソースを絡めたソフトシェルクラブを突き刺す。一口食べた。

「残念ながら、生まれながらの独り身でね」

「くだらない！　そんなのまだ運命の相手に出会ってないだけなのよ」

運命の相手、それはクロードお気に入りのセリフだ。というか、友達も皆そのテーマが大好きだった。ゲイ、ストレートを問わず。普遍的テーマというやつらしい。

「立候補するか？」

と睫毛《まつげ》をパチパチさせてみた。

「真面目な話」クロードはさらに言いつのる。「例のどなたさんが出てってから、もうどれだけ経つのよ。あんまり長すぎるからすっかり一人でいるのが当たり前になっちゃってさ。そんなの駄目！　いつだってどこの誰だって特別な誰かを必要としていて――」

「いつかどこかで誰かさんと誰かさんが？」

助けになりそうな言葉を提供しながら、リングイネをぐるぐるとフォークに巻き付けた。

クロードが溜息をついた。大きな手のひらに顎《あご》をのせる。食べつづける僕を見ながら、彼は作り手ならではの満足感を味わっている様子だった。

僕はたずねる。

「なあ、本当のところ、お前とロバートの間に何があったんだ？」

「何のお話かしら？《ケレラケスティオン》　炎が燃え尽きただけよ」

「それで？」

一口ワインを飲む。

「それだけだし、あれは私たちの間の話よ。誰にも関係ないじゃない。警察に嗅ぎ回られんのはごめんさ」

「でもあれは——たしか、六ヵ月も前じゃないか。今さら警察に目をつけられるような特別な理由でもあるのか？」

クロードが視線をすっとそらした。

「私、彼に……手紙を書いたの。詩とか。いくつかは——ダークなやつでね」

「読んだら死ぬほど？」

クロードはふざけ半分に僕の手を叩いた。

「お役所があの手の芸術を理解してくれるとは思えないじゃない」

「ダークって、どのくらいダークなんだ」

「真っ暗」

「最高だね。ロバートがその手紙、取っておいたと思うのか？」

クロードは下唇を噛みしめた。

「あの人だってセンチメンタルになることはあったもの。フランス語的な意味でね」

フランス語だとどう違うのだ。僕はワインを舌の上で転がして味わいながら、クロードを眺めた。

「お前と別れた後、ロバートは誰とつき合ってた？」

「あんたじゃないの」

僕は彼を鋭く一瞥《いちべつ》した。

「ロバートと僕がつき合ったことはないよ」

クロードは肩をすくめた。世界共通のジェスチャー。信じた様子はなかった。

クロードが信じないということは、ほかの人々も僕とロバートの関係を疑ってかかるに違いない。刑事相手に、その疑いを口に出す人もいるかもしれない。

またパスタをフォークに巻き付けている僕を見ながら、クロードが早口で囁いた。

「ねえあの手紙を取ってきてよ、アドリアン」

フォークが、口の手前でぴたりととまる。

「何だって?」

「あんたなら、ロバートの部屋の鍵を持ってるじゃない」

「ちょっと待て。ロバートは自分のアパートの裏路地で死んでたんだぜ。部屋だって犯罪現場みたいなもんだ。警察が見張ってるだろ」

「いいから、ねえ、あんたはロバートの一番の親友でしょ、だったでしょ? しかも上司。部屋に入る正当な理由ぐらいでっちあげられるじゃない」

「いやだよ。やらない」

「私がこれだけたのんでるのに――」

「口の動きが見えるだろ? 〝ノー〟だ」

クロードは黙りこむと、じっとうらみがましい目で僕を見た。僕はフォークを下ろす。

「それをたのむためか? ここに来いって言ったのは?」

「そんなことあるわけないでしょ! ひどい!」

「はいはい」

クロードは唇を噛んだ。僕は首を振る。ちらっと、クロードの頬にえくぼがのぞいた。

書店に戻ると、店の脇にあるサイドドアから中に戻ろうとしたが、何故かドアが驚くほど重い。押し開けた。

店内の、至るところに本が散らばっていた――本棚の間にも本が散乱し、木の床に折り重なっている。いくつかの本棚は引き倒されており、棚の下敷きにされた蓄音機が粉々になっていた。レコードのコレクションはフリスビーのように四方に飛び散ったのだろう、本棚のてっぺんに一枚、僕の靴先に別の一枚が黒い半月のように横たわっていた。足をとめ、それを拾い上げる。ビング・クロスビーとアンドリューシスターズの歌い上げる〝人生の不思議〟を聞くことは二度とない。

肋骨の内側で、心臓がゆっくりと、重く、脈打ちはじめていた――奇妙なことに、こみ上げてきた感情は恐怖よりも怒りに近い。

マホガニーのカウンターの上は、ボルトで固定されたレジ以外何も残っていなかった。そのレジもコンセントが抜かれ、中身も引き出されて空にされている。

やっと頭がまともに働きはじめ、僕はカウンターの後ろへ行くと電話を見つけて警察に通報した。切った電話機をカウンターの上に戻し、竜巻が通りすぎたような惨状を見回す。自分でも何か叩き壊してやりたい気分だった。

その時になってやっと、侵入者がまだ店内にひそんでいる可能性に気付いた。暖炉の火かき棒をつかむと、僕はそれを手にオフィスへ向かった。

オフィスの中では、デスクの引き出しが空にされてひっくり返っていた。ファイルキャビネットの鍵は壊され、中のものが床にぶちまけられている。僕の薬も粉々になって書類の間に散らばっていた。何箱分もの予備在庫の本があたりに散らばり、殺人や暴力を描いたカバーがまるで不吉なタイルのように床を覆っていた。

僕はそおっと部屋を横切った。火かき棒を振り上げ、息を殺して、バスルームをのぞく。白いタイル、白い洗面台、白いペーパータオルホルダー——まあ、掃除が行き届いていないから少々薄汚れているが。バスルームの窓は裏の路地に向かって開いている。

ぐいとドアを引いた。

ドアと壁の間にも、誰も隠れていなかった。

オフィスに戻り、二階へと向かった。僕のフラットの入口のドアは施錠されたままだ。鍵をこじ開けるだけの時間はなかったかもしれないが、だが侵入者の痕跡はここにまで残されていた。階段の一番上に、笑う頭蓋骨が置かれていたのだ。店の暖炉の上に飾られていたものだった。洒落たことをしてくれるものだ。死を思え《メメント・モリ》、か。

階段を半分ほど下りたところで、膝が震え出した。座りこみ、ゆっくりと慎重に呼吸をくり返していると、やがてチャンとリオーダンの二人の刑事が店に到着した。

リオーダンは本の山に囲まれて立ち、まるでアトラスか何か、神話の巨人といった風情だった。デニムに包まれた長い足、意外なほど上等なツイードのジャケットの肩の縫い目は筋肉に押し上げられて今にものびてしまいそうだ。彼は不機嫌に周囲を見回しており、こんなに散らかしてこの店はだらしないとでも言い出しそうだった。

チャンが階段をのぼってきた。

「大丈夫ですか、ミスター・イングリッシュ?」

「ああ」

「こういう時は店内に入らずに、隣の店で電話を借りた方がいいですよ」

「ああ。後からそう思った」

「何かなくなったものがあるかどうかわかりますか?」

「レジの金がなくなってる」

僕は傾いた本棚を見つめた。砕け散った鏡の破片が頭上の照明を受けてきらりと光っている。割れた鏡は不吉の証だが、この不吉は犯人に行くのか、それともこっちにふりかかるのか。僕は額をこすった。

「あとは……わからない」

チャンは無言で僕の様子を見ていたが、背を向けた。階段を下りていく彼を一階でリオーダンが迎え、二人は小声で情報を交換した。

「こじ開けて侵入した痕《あと》はない」

「ロバートの鍵を使って入ったんだと思う」

リオーダンの言葉に、僕は頭を整理しながらそう答えた。オフィスのバスルームの窓が開いていたのを思い出していたが、あまりに小さくて細い窓だし、猿でもなければあそこから侵入するのは不可能だ。

リオーダンがちらっと視線を投げてきた。

「ああ、かもしれないな」

「かもしれない？」

チャンが、相変わらずのそつのなさで割って入った。

「下に降りてきて話を聞かせてもらえませんか、ミスター・イングリッシュ？　何がなくなっているのか確認しましょう。誰か、相手の心当たりについても」

リオーダンが言った。「フラットの鍵を貸してくれ、アドリアン。上の階を確認してくる。ベッドの下で誰も待ち伏せしてないかどうかな」

「ロバートは僕のフラットの鍵は持ってなかったし、ドアがこじ開けられているかどうかくらい見ればわかる」

「確かめておくにこしたことはない。ほら」

鍵を放ったが、苛立ちで少し狙いが狂った。リオーダンはそれを片手ですくい上げ、のしのしと階段を上って僕を通りこしていく。足音で、二階まで上ったのがわかった。鍵の回る音。続いて二階の床板がきしむ音が聞こえてくる。

チャンがガムを一枚取り出し、口に入れた。

何分もたたないうちにリオーダンが戻ってきた。彼はチャンと目配《めくば》せを交わすと、複製のチッペンデールの椅子を引き起こしてこちらへ押しやった。僕は無視して立ったままでいた。

「顔色があまりよくないぞ、アドリアン」

「ああ、何しろ色々あった日でね」

「聞いてるよ」

リオーダンの上唇が、偽の微笑に歪んだ。この際、もう一度聞かせてやることにした。

「何と言っても昨夜は親友が殺されたし、今日は店が荒らされた。警察にとっちゃ日常茶飯事かもしれないが、こっちには違うんだ」

「ふむ」

語尾を引くように、ゆっくりとリオーダンが言った。

「その話をしようじゃないか。ロバートの話だよ。今朝、正直に言わなかったことがあるようだな？」

何かが変わっていた。彼らの表情も、態度も、口調も。リオーダンが「ミスター・イングリッシュ」ではなく「アドリアン」と呼びかけてくることも。僕の首の後ろがざわついた。

「何を言ってるんだ？」

リオーダンがニッと笑った。まるで熱心に歯医者に通う鮫のような、白く見事な歯並び。チャンが口を開いた。

「たった今、ブルーパロットに寄ったところでしてね。あなたからの通報があったと聞いた時には丁度、バーテンダーから聞き取りをしていました。それでいくつか、あなたに確認したいことが出まして」

「何で今朝、嘘をついたのかとかな」

僕の頭が操り人形のようにくいっとリオーダンの方を向いた。おうむ返しにする。

「嘘？」

「ブルーパロットのバーテンダーは、あなたと被害者《ガイシャ》――」チャンは言い直した。「あなたとミスター・ハーシーが夕食中に言い争っていたと証言しています。そしてミスター・ハーシーはあなたを置いて、支払いもせずに出ていったと」

「それは……昨夜は僕から誘ったから、僕のおごりだった」

「そんなことはどうでもいいんだよ。そうだろ、アドリアン？」

リオーダンが割りこむ。彼はチャイナハウスという本を拾い上げ、表紙で抱き合う二人の男を眺めた。鼻で笑い、からっぽの棚へ放り投げる。

「どうしてロバートと言い争ったことを黙っていたんだ？」

「言い争いなんかじゃない。あれは――意見の食い違いだ」

「あんたと意見の食い違ったロバートは、その翌朝、ゴミ箱の中からゴミ収集車に発見されたわけだが」

　ぼんやりと、今にもこの二人の目の前で気絶して倒れてしまうのではないかと思った。全身に冷たい汗がにじむ。

「僕がロバートを殺したと思っているのか？」

「どうだろうな。殺したのか？」

「殺してない」

「確かか？」

「当たり前だろ！」

「落ちついて、ミスター・イングリッシュ」チャンが口をはさんだ。「型通りの質問ですから」

「ロバートとどんな意見の食い違いがあったんだ、アドリアン？」

　僕はじろっとリオーダンをにらんだ。彼の目はしばみ色だと、今になって気付く。

「仕事のことだよ」と答えた。「ロバートが真面目に仕事に取り組んでない感じがしたんだ。遅刻はするし、さっさと帰る。時にはまるで来ないこともあった。やっておいてくれとたのんだ仕事もやらなかったり。些細なことばかりだ……今は、後悔しているよ」

「後悔って、何を？」チャンが敏感に食いついた。

「彼と口論したことをだよ。最後の会話が、口喧嘩だったなんて――」

　涙で頬がちくちくした。僕は手早く頬を拭う。大の男が泣いているところなど見せたら、この二人はますます疑うだけだ。

「バーテンダーによれば、ハーシーは〝俺が泥棒だと思うならクビにすればいい〟と怒鳴って出ていったということですが、どういう意味ですか？」

僕は二人に目を向けた。チャンはやかましくガムを嚙みながら手帳を見つめていた。くたびれているように見えたが、丸っこい顔は親切そうだった。もう片方のリオーダンはと言えば……いくつぐらいだろう、三十五歳、四十五歳？　人間の最悪の部分を常に予期し、何ひとつ期待などしない男に見えた。

「小銭が何回か、なくなることがあったんだ」

「ロバートが盗んだと思ったのか？」

「彼の答えを聞きたかっただけだよ」

「それで、信じたのか？」

「勿論信じたさ」

リオーダンが笑った。険しい響きだった。僕に問いかける。

「何で嘘をついた？　あんたが小さなことに嘘をつくのなら、もっと大きなことに嘘をついていないとどうしてわかる？」

「ロバートは友達だったんだよ！」

リオーダンは片方の肩を上げた。

「人間は友達を殺す。妻を殺すし、夫を、父を、母を、兄弟を殺す。自分の子供を殺すことすらある。何の根拠にもならん」

「気に入らなければロバートを解雇すればすんだことだ。でも僕は彼をクビにする気にはなれなかった。それなのに殺すと思うか？　何故だ？　レジの金をちょろまかしたからか？　遅刻したから？　勘弁してくれ、あんたたちそれでも刑事か！」

チャンがなだめるように、

「ええ、あなた方――あなたとハーシーはたしかに古い友人同士だった。あなたは彼の結婚式の付添役をつとめ、後にロサンゼルスへ戻ってきた彼に職を与え、住む場所を探す手伝いまでした。そして、彼と恋人同士になった。昔のように」

「あいつとつき合ったことは一度もないよ」

「こっちで聞いた話は違うな」

リオーダンがそう切り返した。

「あんたたち二人は昔から一緒にシケこむ仲だったらしいじゃないか。高校の化学のテストでハーシーがあんたの答案をカンニングしてた時代からな」

僕の書いた小説はなんと間違っていたのだろう、という思いがよぎった。あそこに出てくる刑事たちを、僕はあまりにも刺々しく書きすぎた。チャンとリオーダンは最初はおだやかで抑えた態度を取っていたが、だからこそ、こうしてたたみかけられると拳で顔面を打たれたような驚きと威圧感があった。

僕はできる限り平静な口調を保とうとした。

「ロバートは昨夜、僕よりも早く帰ったんだ。誰かに会う約束があったから。バーテンダーが証言しただろ？」

チャンが、口の中でガムをパチンと鳴らした。

「ええ。ロバートは六時四十五分に立ち去り、あなたは一人で残ってミドリ・マルガリータのおかわりを飲んでから七時三十分に帰った。そしてその十五分後、ロバートが店に戻ってきた。あなたを探しに」

3

その晩、タラが電話をかけてきた。

電話の向こうの上ずった声が彼女だと気付いた瞬間、僕は動揺した。

「タラ、……電話しようと思ってたんだ」

ロバートと別れて三ヵ月後、タラは彼らの三人目になる筈だった子供を流産した。ただでさえつらい状況が、それでさらに痛々しくこじれた。たまに運悪く彼女からの電話を僕が取ってしまった時なども、お互いぎこちない会話しかできなかった。

脳裏には、高校の卒業アルバムのページをめくるように彼女の姿をはっきり思い出せる。すらりとした長身で、淡い青の目に長い金髪。クリスマスの仮装行列で必ずマリア役に抜擢されるタイプの女の子だ。

『あなたが、殺したのよ』

彼女の声は低く、やっと聞きとれるほどだった。

言葉の内容がわかった瞬間、ぞわっと全身の鳥肌が立った。

「一体何を言ってるんだ？」

『あの人はあなたが殺したのよ。あなたがナイフで彼の心臓をえぐったのと同じよ……』

「なあ、タラ、取り乱してるのはわかるけど――」

『あなたがいるから彼はそこに戻ったのよ！』

「ロバートが戻ってきたのは、こっちに家族がいるからだ。自分が生まれ育った場所だからだよ。友達がいるところだからだ」

『あなたがいる場所だからよ、アドリアン。ホモ、変態……！　私が知らなかったとでも思ってるの？　ロバートが私に話さないとでも？』

今にも電話線が溶けるのではないかと思うほど、タラの声は毒で満ちていた。何と答えていいのかわからない。一体ロバートは何を話した？

「僕とロバートは友達だった、それだけだよ、タラ」

『笑わせないでよ！　何なのよ！　私たち幸せだったのに……何もかもうまくいっていたのよ、アドリアン。素敵な家、可愛い子供たち、いい生活……なのにあんたが出てきた途端、また、何もかもぶち壊し……』

まるで泣いているような声だった。何だこれは。

「タラ、信じてくれ。ロバートから電話してきたんだ。僕は一度も――毎年クリスマスカードを送ってただけだ。君たち二人に。それだけだよ、ほかにはロバートに連絡したこともない」

『嘘ばっかり！』

彼女の叫びが響く受話器を、僕は耳から離した。

『あんたは最低の嘘つきよ、アドリアン……！　あたしの人生を滅茶苦茶にして、ロバートを死なせて……ええ、さぞや幸せでしょうね？　よかったわね。いいえ、そんなの許さない。アドリアン、あんたなんかエイズで死んでしまえ。苦しんで、腐っていくがいい。体も……脳みそも……』


ドアの前にソファを引きずってきて据え、バリケードにすると、僕はダブルのブランデーを注いでバート・ランカスターの〝真紅の盗賊〟を見ながら寝入った。だが体のラインをあらわにした紅白縞のズボンをまとったバートの姿すら、今の僕の気分を盛り上げることはできなかった。

人から心底憎まれている、と思い知るのは愉快なことではない。それに何故か、タラに対する後ろめたさを拭い去ることができなかった。彼女が考えているような意味ではないが、彼女に悪いことをしたような気が消えなかった。

夜中の三時頃、どろどろとした夢から覚めると、電気はついたままでテレビは押しつけがましい通販番組を流していた。テレビと明かりを消し、ベッドへ重い足取りで向かう。だが、横になった途端に脳のスイッチが入ったようで、頭の中で延々とロバートの最期の瞬間がくり返されつづけた。

翌朝、朝の光のもとですべてが明るく輝いて見え——たりはしなかった。大体、朝から大雨だ。屋根から流れ落ちた雨が銀のビーズのように滴り、ストライプ模様の布のひさしを流れ落ちていく。

午後になると、道は湖のようになった。

古本屋にいれば雨は肌で感じる。老骨が雨の日に関節の痛みを感じるように、古い本のページは雨の湿気とかび臭さを溜めこむのだ。

僕はパステルブルーのカシミアのカーディガンを引っ張り出してきて羽織った。リサ――僕の母親が、二年前のクリスマスにくれたものだ。それと、着古してくたくたになったジーンズ。ゆるい服の快適さときたら、何ものにも替えがたい。これよりいいのは温かい血の通った体に抱きしめられることぐらいだが、ここのところご無沙汰だ。この店にはその手の在庫が欠けている。

昨日の暴虐で荒れ果てた店を目にすると、気が沈むのはどうしようもなかった。隣のタイ料理の店主の手を借りて本棚だけはまっすぐに立て直しておいたのだが、空の本棚とむき出しの壁がひどく寒々しい。もし犯人がここで暴れている最中に僕が店に戻ってきていたらどうなっていたのだろう?

世の中にはそなえようのない危険もある。ネジの外れた犯罪者もそのひとつ。

派遣会社からは、アンガス・ゴードンという青年が派遣されてきた。二十そこそこだろう、青白くひょろっとしていて、貧弱なあごひげがあり、ジョン・レノン風の丸眼鏡をかけていた。前任のロバートが殺されたことを知っていて怯えているのか、それとも尋常じゃないくらい内気な性格なのかはわからないが、常に目を伏せ、ほんの一瞬しか目を合わせない。しゃべり声はあまりに弱々しくて聞きとれず、毎回くり返してもらわないとならなかった。

アンガスには、本を棚に戻す作業をたのんだ。たとえアルファベット順に並べられなくてもかまいやしない。それどころかアンガスがアルファベットを読めなくたって気にならなかっただろう。店に一人きりでいなくてすむ、それだけで充分だった。

奥のオフィスに戻ると、僕は書類の山に取りかかった。目録、昔の領収書、請求書、配送記録。何もなくなっていないようだ。国税庁ならまだしも、こんな書類を誰かがほしがるとは思えないが。散らかしたのは、盗みよりも嫌がらせが目的という感じがした。強盗に恨みを買うような覚えはないが、僕に対する恨みとは限らない。動物的な破壊衝動の発散ということだってありえる。

気がかりなのは、警察が――チャンとリオーダンの二人の刑事の発言からすると――この侵入事件を、殺人容疑をそらすための僕の自演だと見なしている点だった。リオーダンも言ったものだ、「たかが六十ドルのためにしちゃ派手にやったな」と。

「ロバートが殺されたことと無関係だと思ってるのか？」と僕は言い返した。

「ん？　そりゃ勿論、関係あると思ってるさ」刑事は思わせぶりにかわす。

「ロバートの鍵は見つかったのか？」

「いや。鍵は身につけていなかった。周辺からも見つかってない」

リオーダンは渋々そう答えた。まるで手の内を明かすと体のどこかが痛むかのように。

どうせ彼のその灰色の脳細胞の中では、僕が「シケこむ仲」だった旧友を切り刻み、その鍵も持ち去ったことになっているのだろう。

この瞬間、僕が刑務所に座ってテレビでオプラ・ウィンフリー・ショーを眺めさせられずにすんでいるのは、単にまだ警察が証拠を固め終えていないからだ。逮捕は近い——その気配が、二人の刑事が物言いたげに立ち去った後の店内に、不快なアフターシェーブローションの残り香に混じって漂っていた。今後の捜査のために常に連絡の取れる場所にいるように、という警告まで受けた。

午前中、錠前屋に来てもらって鍵を取り換えた。僕は届いた新聞を開き、オフィスの片付けそっちのけで〝西ハリウッドで殺人〟の記事をじっくり読んだ。

LAタイムズによれば、事件は「2月22日（月）早朝、巡回中の清掃員によって発見された死体はロバート・ハーシー（33歳）氏。顔、喉、上半身を執拗に刺されており、犯人は不明。凶器は未発見。警察は、殺害の数時間前に被害者と口論していた男を参考人として事情を聞いているが逮捕には至らず」とのことで、さらにLA市警のポール・チャンによる「被害者には誰かと会う約束があったという情報があり、警察は相手の特定を急いでいる」というコメントもあった。

背後からしわがれた囁き声が聞こえて、僕はとびあがった。後ろを見るとアンガスが立っていて、その眼鏡がぎらりと光っていた。

「わあ！　おどかさないでくれ！」

アンガスは一瞬押し黙ってから、かすかな声で囁いた。

「……昼食に行ってもいいですか……？」

「ああ、勿論。今何時だ？」

「お昼です……」

「わかった」

アンガスは動こうとしなかった。背骨がひやりとしてくる――まるで背中からナイフで狙われているように。

「どのくらい、いい、ですか……？」

「は？」

彼は辛抱強く囁き返してきた。

「どのくらいの時間、昼の休憩を取っても……？」

「ああ――そうだな、一時間でどうだろう」

僕は後ろにもたれかかって、本の間を去っていくアンガスを見送った。それから、立ち上がってオフィスから出ると、アンガスは忙しく働く錠前屋の横を抜けてガラスドアから道へ出ていくところだった。

電話が鳴り出す。取った。

ブルース・グリーン、またボーイタイムズの記者からだった。

『切らないでくれ、ミスター・イングリッシュ』

記者がそうたたみかけてくる。

「何故？」

『私はあなたの力になりたいんだ。こっちがつかんだ情報によると、ＬＡ市警はあなたをハーシーの殺人事件の犯人に仕立て上げるつもりらしい』

指はもう電話のフックにかかっていたが、僕はそのまま先を聞いた。

『あなたはゲイだし、それだけで警察には犯人として充分なんだ』

「そんな馬鹿な」と抗いはしたが、自分でもどこまで確信があるのかわからなかった。「とにかく時間の無駄だよ。何も話せるようなことはないんだ。僕は犯人じゃないが、それ以外のことは何も知らない」

『あなたは話すべきだ、ミスター・イングリッシュ。あなたの声を届けるんです』グリーンが勧めた。『次の事情聴取では、きっと警察署につれていかれますよ。賭けてもいい。警察は週末までにあなたを逮捕するつもりでいる』

心臓が喉に詰まったようで、声がうまく出ない。

「一体……君なら、どんな力になれると？」

『ゲイのコミュニティを味方につけられます。あなたの記事を一面に載せましょう。ＬＡ市警が無実のゲイの男性に濡れ衣を着せようとしていることや、警察の怠慢と偏見について書きますから』

ボーイタイムズの一面に、ぼやけた白黒写真つきで自分の記事が載っているところを想像して、僕はひるんだ。

「ミスター・グリーン、申し出はありがたいけれども、本当に何も話すようなことはないんだ」

『私と話して下さい、ミスター・イングリッシュ。五分でいいんです。それだけでいい。オフレコで』

「いいや。本当に。ありがとう、でも遠慮する」

『間違った判断ですよ、ミスター・イングリッシュ、警察は今に――』

「ありがとう、ミスター・グリーン。失礼するよ」

フックを押して電話を切った。

書店のカウンターの後ろに陣取ると、顧客から希望があった本のリストを確認し、本が見つかった顧客へ電話をかけはじめた。一冊はロバート・ベントレーの『竜を見たり』の一九七二年の初版本で、入手に九ヵ月もかかったし、自分のものにしたいぐらいだった。ナイオ・マーシュの『ローマにて』のペーパーバックが一冊、パトリシア・ウェントワースのハードカバーが数冊――ああ、古書ハンティングほどいいものはない。

錠前屋が作業を終え、新しい鍵をくれた。代金を支払う。数人の客がぶらぶらと店に入ってはきたが、全員がすぐさま出ていった。床に本が並ぶ、斬新な商品レイアウトを理解してもらえなかったようだ。アンガスが並べ直した本棚を見ると、本がきちんとアルファベット順に並んでいたのでほっとした。

アンガスが昼食から戻ると、僕は湯を沸かしてカップスープを作り、オフィスを埋め尽くしている書類の群れどもの片付けに戻った。焚火《たきび》ができそうなぐらいの請求書、カタログ、図書目録、新刊情報。これらの書類を一掃し、何年も先延ばしにしてきた大掃除を成し遂げるチャンスが今こそ訪れたのかもしれない。

チャンとリオーダンからは、ほぼ二十四時間音沙汰がなかった。知らせがないのはいい知らせだと自分に言い聞かせる。本当にそうでありますように。

ボーイタイムズの記者の言うことが正しかったら、一体どうすればいいのだろう。警察にとって僕が都合のいいスケープゴートで、真犯人など見つける気はさらさらないと。

機会と動機。その二つが、殺人事件の捜査における重要な切り口となる。僕にはブルーパロットを出てからのアリバイはない。機会は充分——警察はそう見なすだろう。となると、後は動機を見つけるだけだ。解釈次第では何でも動機にされかねない。

そろそろ弁護士に連絡を取った方がいいのだろうか。家のかかりつけ弁護士ならいるが。僕は〝ラ・めくるめく情熱と浪漫のホモセクシュアル殺人事件（クロードならそう呼ぶだろう）〟で逮捕された自分を、ヒッチコック&グレイセン事務所の年老いた堅物の弁護士が弁護している光景を想像してみた。……黙って刑務所に入った方がまだましか。

物事のいい面を見よう。母のリサは新聞の社交欄とイベント欄しか読まないから、事件のことには気付くまい。僕が逮捕さえされなければ。いや、もしかしたら懲役の最初の数年ぐらいは、うまいこと電話の留守電メッセージだけでごまかしきれるかもしれない。

刑務所で携帯電話は持たせてもらえたっけ？

そんな気分でもないのに、つい馬鹿げたことばかり頭に浮かぶ。逮捕——それと刑務所——について真面目に考えようとするのを、脳が拒否しているらしい。

意外にも、アンガスは実に働き者だった。彼は夕方までには半分の本を棚に戻し終えていた。あと一日か二日あれば、元通りに営業できそうだ。

アーミージャケットにくるまったアンガスが、オフィスの入口にやってきた。

「ミスター・イングリッシュ……？」

彼は蚊の鳴くような声で、僕の頭上の棚に向かって報告した。

「そろそろ……帰ります……」

僕は立ち上がって服の埃を払った。

「わかった」時計を見る。「ああ、悪かった。こんな時間になってたんだな。言ってくれればよかったのに」

「明日も……来ましょうか……？」

「ん、ああ。つまり、君がよければ来てほしい」

じっとこちらを凝視した彼の目は大きく、まばたきもせず、真剣そのものだった。

「ここが好きです」

「それはよかった。……じゃあ、明日また」

僕はアンガスを送り出し、店の鍵をかけた。きっとアンガスは人づきあいが苦手なだけなのだろう。これが初めての仕事で緊張しているとか。

多分、普通の子だ。多分。

ほぼ毎週、火曜日の閉店後には、〝共犯同盟〟というミステリライターのグループが書店に集まる。書きかけのお互いの作品をけなしあい、出版されている小説を血祭りに上げ、重大なテーマについて熱い論戦をくりひろげるのだ。来週のおやつは誰が持ってくるのかとか。

今夜は全員が欠席するだろうと思っていた。半分、期待していた。だが現実には五人のメンバーの全員が時間よりも早く到着した。クロードが一番乗りだ。白いレインコートをまとった彼は、場違いなほど鋭く際立って見えた。

「ベイビー《モンシュ》、昨日私が話したこと、考えてみてくれた？」

そう言いながら、クロードは僕を手伝って椅子を半円形に並べる。チッペンデールのまがいものとシェラトンのまがいものが一脚ずつ。残りの四脚はかけねなしの本物の、金属製の折りたたみ椅子だ。背すじをのばして座らないと尻の肉がはさまれるという安っぽいスリルつき。

二人で一緒に、長テーブルを中心に据えた。

「家宅侵入罪の逮捕率については考えてみたか？　ノーだ」

クロードが煩悶するような雑音をたてた。僕はさらに続ける。

「本気であんなこと考えてたのか？　それでなくたって僕はもう警察に目をつけられてるんだよ」

「あんたが？」

「そうさ。その上——」

そこにフィンチ夫妻、夫のテッドと妻のジーンが到着し、話は中断された。

「アドリアン、本当に大変だったわね！」

ジーンが感極まった様子で叫び、僕をハグする。

フィンチ夫妻は小説を合作している。そんな真似をしたらどんな夫婦の愛も粉々になるに違いないと思うのだが、まあ僕に偉そうなことを言う資格はない。色恋沙汰の世界では長らく冬眠状態の身だ。

ジーンは小柄で浅黒く、夫の方も同じく小柄で色黒で、よく似合いのカップルと言えた。一対のブックエンドのようだ。ミステリの祭典、バウチャーコンでふたりは出会ったのだった。作家のはしくれ同士の恋。めでたきかな。

「天の底が抜けたかと思うほどの豪雨だね！」

高らかに、夫のテッドがそう告げた。彼が大体どんな感じの文章を書くのか、その言葉づかいからわかろうというものだ。雨に濡れた赤い傘をとじながら続けた。

「ロバートのこと、お悔やみ申し上げるよ、アドリアン」

「ありがとう」

親友に先立たれた男、という立場は何とも居心地が悪い。

コーヒーメーカーの前にクロードが立っているのを見るや、ジーンは慌ててすっとんで行った。ゴディバのシナモンヘーゼルナッツラテを阻止してドン・フランシスコのモカジャバに変更させるつもりだ。

テッドがにじりよってきた。

「警察はもう犯人の目星はつけているのか?」

「まだだと思うよ。どっちにしても、僕にぺらぺら話しはしないだろうけど」

「ジーンは、犯人はゲイを標的にした連続殺人犯だと思ってる」

「まだ一人しか殺されてないのに?」

「誰かから始めないとならないからな」

その楽しげな仮説について僕が鬱々と考えているうちに、ドアが開いてマックス・シドンズがとびこんできた。マックスはよく鍛えられた体から黄色いポンチョ型のレインコートをひんむくと、犬のように体から水をふるい落とし、ジーンが持ち込んだペカンブラウニーとコーヒーめがけて突進していった。

ふざけた調子で口説くようなことを言うマックスに、困ったジーンが小さく笑っている。マックスは湿っぽい感傷などとは無縁の男なのだ。たしかロバートが、彼に一、二度誘いをかけたことがあった。ロバートがLAに戻ってきてすぐ、クロードとつき合うよりは以前のことだ。ロバートはこの作家の集いにほんの短い間だけ参加していたが、誘う相手が尽きるとそのまま顔を見せなくなった。

マックスは、自分は異性愛者だとはっきり主張していたが、ロバートはそれがただの偽装だと確信していた。二人の間に何があったのか、僕はよく知らないが、その意見の食い違いの後のマックスは氷のようなよそよそしさでロバートに接していた。二十一世紀において決闘がもはや合法でないのは幸いだった。

口の右端でジーンを口説きながら左端からブラウニーをつめこんでいるマックスを見ながら、ふと思う。マックスはどのくらい、ロバートに腹を立てていたのだろう？

おやつの時間が終わると、マックスはテッドの横に腰を下ろした。二人してロバートの事件について仔細に検討しはじめる。冷血だが、ミステリ作家なら当然なのか。僕自身、ここに立ちながら、マックスの鍛えられた体格であればロバートの死体を道のゴミ回収箱に放りこむことも簡単だっただろうかと考えている。

脳裏に浮かんだイメージをすぐに押しやったが、追加のペンを取りに立った僕の背中を、マックスとテッドに今やジーンまで加わった話し声が追ってきた。新聞に載っていた仮説と自分たちの説を比較し、検討している。いかにも犯罪に詳しい面々らしく専門知識を全面に出し、快楽殺人なら秩序型か無秩序型か、さらにナイフの刃の種類、防御創、切創と刺創の差について語り合っていた。

ロバートの死は、彼らにとって現実のものではないのだ。僕はやっと気づいた。彼らにとっては、血なまぐさい推理劇にすぎない。

「今夜は小説の話はしないわけ?」

倉庫にいると、グラニア・ジョイスが不満げにぼやく声が聞こえた。マックスがあっさりと返す。

「アドリアンがうろうろするのをやめたらな」

「いつでもいいよ」

そう言いながら、僕はペンを持って彼らに加わった。グラニアが、自分の原稿をのぞきこんだまま、ペンを受け取ろうと手をのばしてくる。背が高い赤毛の女性で、闘うアマゾネスといった風情だ。僕の小説を「貧血みたい」としばしば評してくる。実際の彼女は硬派なフェミニストで、今日も〝女子の言葉は絶対の掟〟とプリントされたTシャツを着ていた。勿論、その掟に逆らう者はここには誰もいない。

彼女によって、今日はクロードの書いた『エッフェル塔の恋』の最初の三章の解剖にとりかかることに決まる。マックスが口の中で何かを呟いたが、素早くページを繰る紙の音が重なった。

ロバートの葬儀は、金曜日だった。

サンタアナの海風でスモッグが吹き散らされた、数少ない完璧な天気。空は不自然なほどに青く、まるでCGのようだ。

葬式を訪れた弔問客の数は教会のスタッフとさほど変わらなかった。いくつか知った顔もあったが、ほとんどは見知らぬ相手だ。とにかく、僕にとっては。

ロバートは昔から人づきあいがよかった。だが一緒に学校へ通った友はどこだ？　今日とよく似た教会で彼とタラが結婚した日、僕と一緒に彼のそばに立っていた友人たちは？　ロバートの叔父、叔母、いとこたちは？　ここ数ヵ月の彼の遊蕩の日々のお相手は？　クロードも姿を見せていなかった。ロバートの数多い恋人たちも、少なくとも僕のわかる範囲では、来ていない。

マスコミ代表ということで、地元の報道局の車が一台、墓地の門のそばに停まっていた。ゲイの男が一人殺された程度の小さな事件だ、マスコミを規制する必要すらなかった。手持ち無沙汰なレポーターがチャペルのアーチの外で待ち、小石を前や後ろに蹴とばしていた。

数人の野次馬もいた。そして、勿論、警察も。

チャンとリオーダンの黒いスーツとサングラス姿は、葬式によく似合っていた。二人の姿が目に入った瞬間、思わずぎょっとしたのだろう、チャンが僕に向けて愛想よくうなずいた。

僕は教会に入ると、車椅子の中で小さくしぼんだロバートの父親とロバートの妹たちの後ろの席に陣取った。下の妹は中学生の時には僕に熱を上げていたものだが、今やまともに目も合わせてくれない。

座席の一番前の列、僕とは逆サイドにタラが座っていた。そばには怯えたように目を大きくした子供たちがいる。ダイアナ王妃風の、気高い黒い帽子のベールの下に見えるタラの顔はひどいものだった。何日も眠っていないかのようだ。お互い様だが。

式が進む間も、とにかく気が散ってならなかった。明らかにロバートのことなど何も知らない牧師が言葉を述べる。ロバートの妹たちがかわるがわる立ち上がっては、ロバートが兄や夫、父や息子としていかに素晴らしい人間だったかを、涙ながらに語った。

教会の中は息苦しく、酸素が薄く感じられた。僕はローズウッドの棺を見つめる。どれほど簡単に、どれほど小さく、一つの人生という大きな混沌がこんな箱ひとつにおさまってしまうものか。

葬儀が終わると人々は風と陽光を求めて教会から出ていったが、僕はその場に残った。タラと顔を合わせたら何を言われるかわからない。ヒステリーはごめんだ――タラのも、自分のも。

「アドリアン？　ミスター・イングリッシュ？」

呼ばれて、周囲を見回した。すぐ横にひどく背の高い男が立っている。まっすぐな黒髪で、彫りが深い。ある種、素朴な感じの魅力があった。男は手を差し出した。

「ブルース・グリーンです。ボーイタイムズの」

彼と握手を交わした。温かく、力強い手だった。

「今日は死者への弔意を表しに来ただけです」彼は茶色の目で僕を見つめた。「まだインタビューに応じる気にはなりませんか？」

「今週はよっぽどニュースがないんだね――」

チャンとリオーダンがやってきたので、僕は言葉を切った。嫌な沈黙が落ちる。僕が内心の緊張を隠し切れないでいたからか、ブルース・グリーンが僕の右手を取り、ぎゅっと力をこめて握ってから、離した。

「一体何の用だ？」

思わずぶっきらぼうな口調になったのは、刑事二人が何の目的でここに来たのか、内心恐れていたからだ。チャンが静かに答えた。

「皆と同じように、死者に敬意を表しにきたんですよ、ミスター・イングリッシュ」

「これは立派な圧力だ」

ブルース・グリーンが口をはさむ。二人の刑事は僕を見つめてから、ブルースを見つめた。

リオーダンが問い返す。

「それで、そちらは——?」

「ブルース・グリーン。ボーイタイムズの記者だ」

記者と聞いた刑事たちの表情は露骨だった。グリーンが僕へと向き直る。

「警察と話す必要なんか何もないんですよ」

チャンは悲しげな顔をした。リオーダンは——何と言うか、僕はついうっかり、リオーダンがこの場で大爆発を見せてくれるのではないかと期待してしまった。

「型通りの捜査だと聞いてる。大丈夫だよ」

「また、連絡します」

グリーンがもう一度、僕の目をのぞきこむ。僕はうなずいた。グリーンは刑事たちに素っ気なく頭を傾けてから、踵を返し、両開きのドアから出ていく参列者の残りにまぎれた。記者というのは、あんなに小綺麗にしていて身なりがいいものだろうか。

リオーダンが馬鹿にしたように鼻でせせら笑った。

「記者か」

チャンがまるでふと思いついたかのように切り出す。

「ミスター・イングリッシュ、ミスター・ハーシーが亡くなる数ヵ月前に相当な額の生命保険に加入していたことはご存知でしたか?」

「いや。相当な額って？」

「殺しの動機には充分すぎる額だ」とリオーダンが答えた。

「……誰が受取人なんだ？」

たずねるのが怖かった。

リオーダンが眉を上げる。

「知っているだろ？」

僕は茫然と二人を見つめた。

何を言おうが、彼らは信じてくれまい。いくら弁解したところで泥沼にはまるだけだ。底なし沼に踏みこんでしまったようなものだ。もがけばもがくだけ、早く沈んでいく。

「失礼」

僕は二人を押しのけるように通りすぎ、まばらになった参列者を追って、池に向かうスロープを下りていった。地面は昨日の雨でじっとりと濡れている。墓場から少し離れた緑の円屋根に向かって歩いていくと、芝生を踏むたびに靴が湿った音を立てた。

残っている人々の中に、ブルース・グリーンの姿は見つからなかった。残念だ。折角インタビューについて考えを変えたばかりだというのに。

考えを変えたのは、そのことについてだけではなかったが。

4

ロバートの部屋は封鎖されていなかった。ドアにも、犯罪現場を示す黄色いテープすら貼られていない。

怖《お》じ気《け》づいて足をとめた僕の前で、建物は以前とまるで変わりなく見えた。カリフォルニアではありがちな白い漆喰の建物と黄色くなったヤシの木、近くのフリーウェイから届く遠い車の音。

自分の鍵を使って、僕はロバートの部屋に入った。中から鍵をかけ、ドアにもたれかかり、そっと呼吸しながら暗がりに目をこらした。

壁の向こうからくぐもったヘビーメタルの絶叫が聞こえていたが、部屋の中はしんと冷えきっていた。

明かりをつけるのはまずいだろう。小型のフラッシュライトを取り出して部屋の中をゆっくり照らした。このあたりでは典型的なワンルーム。初期のモンゴメリーワードの家具をそろえたモダンレトロ風のインテリアで、白いソファベッドの向かいには食器棚とAVラックを兼用したオーク調の棚が据えられている。リビングの半分を占めているのはボウフレックス社のランニングマシン。

カウンターの向こう側にある小さなキッチンスペースをのぞきこんだ。シンクには汚れた皿が山積みだ。部屋には黴《か》びたような臭いが漂っていた――いやもっと悪い。悪臭の元をたしかめると、カウンターのワインボトルで花束が枯れていた。

時間があまりない。僕は棚へ歩みよった。一番上の引き出しを開け、下着をひっかき回す。コンドームがいくつか、飾りボタンの入ったレザーケース、廉価店でプリントした写真の束。写真をぱらぱらと確認した。タラと子供たち。雪だるまを作ったり、枯れ葉を掃いたり、誕生日を祝ったり、クリスマスツリーの飾り付けをしている。父親不在の暮らし。写真を、元のように豹柄ビキニパンツの間にしまい直した。

ロバートの持ち物をのぞいていくのは何だか奇妙だった。覚悟していたよりもきつい。靴下の詰まった引き出しで感傷的になるなんてと、自分を笑いとばして気分を立て直す。

何を探しているのかは自分でもわからなかった。手袋に包まれた指で髪をかき上げようとして、ラテックスが髪をひっぱる感触に顔をしかめた。

床から立ち上がって、クローゼットに近づく。クローゼットの上の棚には、はち切れそうにふくらんだ靴箱が二つ、何とか輪ゴムで留められて置かれていた。手をのばして引っぱり出そうとすると何か固いものが上から落ち、したたかに僕の頭を打った。悪態をついてから、今の音に何か反応がないかと隣の部屋をじっとうかがう。

何も変化はない。隣人は耳が悪いのかもしれない。壁ごしにくぐもったドラムとベースギターの音量からして充分ありえる話だ。曲まではっきり聞きとれる。

フラッシュライトで照らされた光輪の中に、高校の年度アルバムが浮かび上がった。散らばったクリスマスカードや、ディルドも。クローゼットの中に張形《ディルド》？

「勘弁してくれよ、ロバート」

口の中でそう呟いた。これまで何回、そう呟いてきたことか。ロバートが死んだ今も呟いている。こうして僕が彼の私物をあさっているのも、彼のせいだというように。

ロバートの妹たちかタラが部屋を片付けに来たら、このディルドを見つけてしまうかもしれない。あわてふためいた僕はそれをつかみ上げるとキッチンに行ってゴミ箱に押しこんだ。果たして誰を守ろうとしているのか。

リビングに戻るとクローゼットの棚から靴箱の片方をおろし、カーペットにあぐらで座りこんで、箱の蓋を取った。請求書。そして請求書、さらに請求書。給料小切手の控え。山のような請求書にほんのわずかの小切手の控え。ロバートとの最後の会話が金についてのものだったことを思い出して、心の底から悔やんだ。

ぎっしりと詰まっていた箱の中をざっと見たが、もしここに何か重要なものが混ざっていたとしても僕には見つけられないだろうとわかっただけだった。大体昔とは違って、今ではみんな銀行の取引記録すら保管しない。ぺらぺらのATMの明細や不渡りで戻された小切手入りの銀行の封筒がいくつか、それだけでは何もわからない。

次の靴箱にとりかかった。ビンゴ！　手紙だ。それと写真の束。一番上の封筒に書かれた緑のインクの奔放な筆跡に見覚えがあったので、それを引っぱり出した。手紙をひろげてのばし、目を走らせる。差出人は〝漆黒の麗人〟。

いたたた。これはまた。

「なんてこった《サクレブリュ》」と僕は呟いた。

手紙を元通りにたたみ、封筒に戻す。その時、ドアの向こうから擦るような音が聞こえてきた。

全身が硬直する。

それは、玄関のドアに鍵を差しこんでいる音だった。箱に蓋をかぶせ、僕はクローゼットに転がりこんで扉をしめた。木の扉の向こうで、玄関が開き、閉まる音がする。クローゼットのドアの下から一筋のライトがさしこんできて、僕は茫然とその動きを見つめていた。

床板が、ギイッときしんだ。

クローゼットのドアの向こうで、今、ロバートを殺した犯人が歩き回っているのだろうか。

闇の中は狭く、顔にロバートの服が押しつけられて、至るところからロバートの匂いがした。まるでまだロバートがすぐそばに立っているような、二人で下らないいたずらをやらかした学生時代に戻ったような気がした。手をのばせば隣にいるロバートの手がつかめそうな気がしてならなかった。くそ、トイレに行きたい。

暗闇で汗みどろになりながら、待ちつづけた。ばくばく鳴る心臓の音が相手に聞こえないのが不思議なくらいだ。空のドラム缶を叩いているぐらいに大きな音が響いているというのに。

低い声が聞こえてきて、ぎくりと全身がこわばった。何を言っているのかはわからない。一人じゃないのか？　僕はクローゼットのドアに耳を押しつけ、どうにかして声を聞きとろうとした。

男だ。それだけしかわからない。

さらに数語、聞きとれない言葉が続いて、それからピッと、電話を切る特徴的な音が聞こえた。

また床板がきしむ。ドアの下から見えていた光の筋も消えた。玄関のドアが、開いた時と同じくらい静かに閉まる。カチッと鍵のかかる音がした。

静寂。

しばらく、もう大丈夫だとわかるまで待ちつづけた。

ほうっと長い溜息を吐き出す。そろそろと、僕はクローゼットのドアを開けて部屋の中へ歩み出た。

部屋の明かりがついた。

リオーダン刑事が、玄関のドアによりかかって立ち、その右手はさり気なくジャケットの胸元に置かれていた。ショルダーホルスターにすぐ届く位置に。

「使い古されたトリックだよ、eがつく方のアドリアン」

僕がクローゼットに隠れたことをさしているのか、それとも彼の仕掛けた罠のことを言っているのかはわからなかった。はあ、はあと荒い息をつきながらただ立ち尽くす僕の足元で、ベージュのカーペットがうねり出す。

遠くでリオーダンが勿体ぶった調子で何か言っているのが聞こえたが、次の瞬間、せり上がってきた床がしたたかに僕の顔面を打った。


気がつくと、ロバートのソファに寝かされていた。リオーダンが上から屈みこみ、しつこく、鋭く、僕の頬を叩いていた。

「おねんねの時間はおしまいだ、お姫様。さっさと青い目を開けろ。ほら、起きろって」

僕は睫毛を揺らし、接着剤でくっつけられたような唇を引きはがして答えた。

「起きてるよ」

リオーダンの手がとまる。じっと僕をのぞきこんだ。

段々と今の状況が呑みこめてきて、僕は思わず呟いた。

「なんてこった《ジーザス》……」

「人違いだ」

リオーダンは慣れた手つきで、ビジネスライクに僕の手首をつかんだ。じっと腕時計をのぞきこむ。脈を取りながら、何か口の中でうなった。

　僕は力なく彼を見上げていた。ここまで来ると気まずいとか、そんなものはもう通りこしている。気持ちが麻痺して、ぼんやりとした好奇心を感じるぐらいだった。尾行してきたのだろうか？　抵抗したら撃つつもりでいたのか？　どうしていつもいつも、見た目のいい男はストレートなのだ？

「言わせてもらうとな、イングリッシュ、お前に空き巣は向いてないぞ。才能がない」

「逮捕するのか？」

　相変わらず、軽い興味しか感じられなかった。くたびれ果てているせいで、もうどうする気もおこらない。

　リオーダンの目がうっすらと光った。

「さてな。ここで何をしていた？」

　僕は肘をついて上体を起こすと、胸元のポケットを探ってピルケースを取り出した。どうにか蓋を取る。

「水を一杯、持ってきてくれないか？」

「時間稼ぎか」

　そう言いながらも、リオーダンはキッチンへ歩いていくと、グラスに半分水を入れて持ってきてくれた。

病気としては、もしかしたらエイズの方がわかりやすいのではないかと——勿論許されない考え方だが——僕は、そんなことを思うこともあった。とにかく、ゲイで病気持ちとなると、人は当然のようにエイズを連想するものだ。だが僕の病気は……このわずらわしさに、人はうんざりする。僕自身、もううんざりしきっていた。

リオーダンが黙って見つめる前で、僕は慎重に起き上がって、薬を口に放りこみ、グラスを受けとって飲み下した。

「ありがとう。どうして僕だとわかった？」

リオーダンが鼻を鳴らした。

「一ブロック先に停まっている黒いフォード・ブロンコはお前のじゃないのか？」

「……ああ」

僕はもう一口水を飲み、グラスを床に置いた。目にかかった髪を指で払う。手はほとんど震えていなかった。手袋はリオーダンに取られたようだ。ちらりと周囲に目をやったが見当たらなかった。

リオーダンがしみじみ首を振った。

「いいか、お利口さん。あんたはたしか小説を書いてるんだろ？　警察がこの場所を見張っているとは思わなかったのか？　警察がもうこの部屋にあるものは調べ尽くしたとは考えなかったのか？」

僕が落としたままの靴箱を指す。

「一体何を探しにきたんだ」

本当のところは言う気になれなかった——ロバートが誰かを脅迫していたかもしれないから、とは。そんなことを考えるのはロバートへの裏切りのような気がした。いかにあいつがやりそうな無茶なことであっても。

かわりに言いつくろった。

「何か、警察が見のがしたものだよ。ロバートを殺した犯人の手がかり」

リオーダンの目をまっすぐに見つめ返す。

「僕はやってないからね」

リオーダンは、ニヤッと口元を歪めた。

「知ってるか、イングリッシュ。誰もがそう言うんだよ」

「僕は、ロバートを殺してはいない」

しばらくの間、リオーダンは光を溜めた、強い目で僕を眺めていた。

考えこみながら鼻をこすり、やがて彼は口を開いた。

「どこか、話のできるところに移動した方がよさそうだな」

僕はリオーダンをつれて、カフェ・ノワールに向かった。

クロードはメニューを手に僕らを出迎え、リオーダンを八ヵ月ぶりの僕のデート相手だと思ったのだろう、輝かんばかりの笑みを向けた。リオーダンがそれに気付いたかどうかはわからなかったが、彼は無愛想に席を立つと、店の暗闇を感覚だけでトイレの方へ歩いていった。

「あららら、ラ、ララ」

クロードは踊るように、僕を空いているブースへ案内していく。

「いい男《トレマニフィーク》ね」

「刑事だよ」僕はさえぎった。「ロバートの事件を調べてる」

クロードが愕然とした表情になった。

「何だってウチにつれてきたの！」

語尾は金切り声だった。僕はたしなめる。

「しいいっ、いいから聞けって。警察はもう手紙のことは知ってる」

「アレが奴らの手に⁉」

「ロバートの部屋の靴箱の中にあったよ。リオーダンに言われたけど、もう警察はロバートの持ち物は残らず調べたそうだ」

「罠だったのね！」

僕は口を開けたが、そこでトイレのドアが開いてリオーダンが歩み出てきたので、何も言えなかった。クロードは慌てたように体を起こし、僕の連れから安全な間合いを取ってさっさとキッチンへ消えていった。

すぐにリオーダンが僕の向かいにどさっと腰を下ろし、口を開いた。

「さて聞かせてもらおうか、少年探偵団。ハーシーの部屋で、一体本当は何を探してたんだ？」

「言っただろ、手がかりだよ。あんたたちが、僕を丁度いいカモに仕立てようとしてるから――それとも丁度いいカマか？」

リオーダンの濃い眉が上がった。

「ほほう？　お前がいつ逮捕された？　署での事情聴取すらされてないだろ？　さっきだって、俺はお前の不法侵入の現場をつかまえたが――」

「部屋の鍵は持ってる」

すうっと、リオーダンは威圧的に息を吸いこんだ。

「いい加減にしろ、イングリッシュ。これでもストレートに話そうとしてるんだ」

僕はわざと睫毛の下から意味あり気な視線を送ってやった。

「残念、僕の方は異性愛者《ストレート》じゃない」

視線が交わされ――絡み合った。

一瞬おいて、リオーダンが笑った。短く、乾いた、だが本物の笑い声だった。

「ぶっ倒れてない時には口が回るようだな」

そこにクロードが、泡を山盛りにしたカプチーノのマグを持って現れた。

「あなたはデカフェよ、可愛い子ちゃん《モンプティ》」

僕にそう告げる。リオーダンの目の前にはがしゃっとカップを置き、つかつかと去っていった。毒でも盛ってなければいいのだが。

僕はカフェイン抜きのカプチーノを一口飲んだ。デカフェは大嫌いだ。

「まあそれは置いといて、どこの医者にかかっている?」とリオーダンが手帳とペンを取り出した。

「何で知りたい」

「聞かなきゃわからんか?」

主治医の名を教えると、リオーダンはまた手帳をしまった。ありがたい。今から、この場で尋問されるのに耐えられる気がしなかった。

僕はたずねる。

「医者には患者に対する守秘義務があるだろ」

「診療記録開示要求の令状を取ってもいいがな。医者は神父と違って、令状には応じる。ま、そっちにとっても悪くない話になるかもしれないぞ。何がどう転がるかわからんもんだ」

リオーダンは首の後ろをさすり、周囲のテーブルや周囲の客たちへ次々と落ちつきのない視線をとばしていた。僕の〝同類〟と見られやしないかと心配なんだろう、きっと。心配しなくてもいいのだが。カフェ・ノワールは正体不明の店ではあるが、とにかくゲイの集まるカフェというわけではない。

「ロバートがあの夜約束していたのが誰なのか、警察はまだつかんでないのか？」

「そんな約束があったと、そう言ってるのはお前だけだ。ロバート本人もお前を探しにブルーパロットへ戻ったしな」

僕は、カップを叩きつけるように置いた。

「なあ、いいか、ほかにも容疑者はいるんだろ？　それとも僕一人だけか？」

「そんなことが教えられると思っているのか」

「名指ししろと言ってるわけじゃないんだ。ロバートを殺した犯人は僕じゃないかもしれない、その可能性は考えてるのか？」

リオーダンの表情がさっと険しくなった。

「馬鹿か。そうでなきゃ、お前は今ごろオレンジ色のジャンプスーツを着て刑務所にいる頃だ」

ありがたい言葉ではなかったが、少しほっとした。たしかに、もし逮捕するつもりだったら今ごろ警察にいる筈で、こんなふうに二人でコーヒーを飲むような文化的な真似はしていないだろう。どういうわけかまだ自由の身でいられるようだ。何故だろう？　警察にとっても、簡単な事件だと思ったら意外と厄介なことになってきたということだろうか？

リオーダンはポケットを探っていたが、白く小さな物を取り出して、石のテーブルの表面に置いた。その間ずっと、僕の表情をつぶさに観察している。

「何だよ、これ」

「わからないか?」

「チェスの駒だということぐらいはわかるよ」

「チェスはやるのか」

「まあね」と僕は用心深くうなずいた。

「これは何の駒だ?」

手をのばして、白い駒を取り上げる。「クイーン」

プラスチックの、よくある大量生産の安物の駒だった。目を引くものでもないし、おかしなところもない。

「お前とロバートは? チェスで遊んだか?」

「昔はね。僕はもう何年もやってないけど」

「何故やらなくなった」

僕は肩をそびやかして、クイーンの駒をテーブルに戻した。

「さあね。遊ぶ相手がいないからかな」

「涙が出そうだよ」

リオーダンについて、評価を戻すことにした。こいつはやっぱり嫌な奴だ。

だがこの男は人を読むことに長《た》けているし、思い通りに操るのもうまい。

リオーダンが話を続けた。

「これとそっくりのチェスの駒が、ハーシーの死体から見つかった」

「死体からって？」

「死体の手に握らされていた」

じっとこちらを見つめつづけるリオーダンの口元に、奇妙な笑みがうっすらと浮かんだ。

「倒れて死にかけているハーシーの手に犯人がその駒を押しつけ、きつく握らせたんだ。かなりの力でな。ハーシーの手に駒の傷が残っていた」

「指紋は？」

「なかった」

僕は、ごくりと唾を呑みこんだ。リオーダンは手をのばすとクイーンをポケットにしまった。

「ぺらぺらしゃべるなよ、まだマスコミにも流してない情報だ」

「何で僕に話す」

「お前ならこの駒の意味がわかる筈だからだ」

それを言うリオーダンの表情は、ひどく読みとりづらかった。僕は首を振る。

「わからないよ。クイーンがクイーンを指してるなら別だけど。ロバートがゲイ《クイーン》だっていう意味で」

「そこまでは誰でも考える」

「それしか思いつかないよ」

リオーダンはカプチーノのカップを口に運んだ。カプチーノが実に似合わない男だった。

「しばらく考えてみろ、eがつく方のアドリアン。お前ならわかる筈だ」


月に一度、土曜日にはやんごとなき方とブランチを取る決まりになっている。

リサ――僕の母親――は息子である僕に対していくつも不満があったが、ゲイであることは気にしていなかった。彼女にとってもっとも許しがたい大罪は、僕が二十五歳になった時、もう親に面倒を見てもらわなくとも外界でやっていけるほど健康体になったと自ら決断したことなのだ。それに加えて、父方の祖母が残してくれた遺産を〝卑しいちっぽけなお店〟を始めるために注ぎこんだことも、さらに母の怒りを買った。

自立した大人として僕がどんな生活をしているのか、リサはまったく興味がない。そんなわけで、僕らのブランチはいつも上っ面な会話に終始したものだった。そのくせ二人のどちらも、アールグレイの紅茶を傾けながらブルーベリー添えのクリームチーズのクレープをつまみつつ、中身のない会話を交わすこの優雅な伝統を変える気はないのだった。

今日は明るい陽光にめぐまれた日だったので、テラスでのブランチになった。高級住宅街のポーターランチにある家のテラスからは緑の丘が見下ろせる。二月の風に白いテーブルクロスがはためき、庭のつる薔薇の花びらが舞い上がってはブルーベリーソースの中にぼとぼと落ちた。

　僕がフレンチドアからテラスに出ると、リサは華奢な磁器のティーカップに紅茶を注いでいるところだった。アランセーターとラベンダー色のレギンスをまとった姿は、相変わらず現役バレリーナなみに引き締まっている。

「遅いわよ、ダーリン。来ないんじゃないかと思った。ねえ、この髪形どうかしら？」

　彼女は僕のキスを頬に受けながら、称賛を要求する。

「いいね。まるでオードリー・ヘップバーンの妹みたいだ」

「うまいこと言って」

　だがご満悦なのだ。

　僕は、突風にガタガタと揺れるテーブルを押さえた。ティーカップもお上品にカチカチと鳴っている。

「中で食べた方がいいんじゃないか？」

「どうして？　素敵なお天気よ。春が近いって感じがするわ。ラッパ水仙も咲いてきたし」

「ハリケーン注意報も出てるしね」

　とりあえず僕は母の向かいに腰を下ろすと、ナプキンを振って広げ——あやうく風にとばされそうになってあわてて押さえた。

　リサが僕の前にカップを置いた。

「最近どんな風にすごしているの？　疲れているみたいね。また働きすぎてるんじゃなくて？」

「いや。元気にしてる」

「お医者様に言われていること、守ってるんでしょうね？」

「ああ。動物虐待防止協会《SPCA》のパーティはうまくいった？」

　リサは座り直して、玉を転がすように澄んだ笑い声をたてた。

「ダーリン、ひどかったわよ！　あそこにいたらきっと笑いがとまらなかったでしょうよ。来年は是非いらっしゃいな、ねえ、アドリアン！」

「考えとくよ」

「いつも口だけじゃない」

　一瞬、唇をとがらせる。母は拗ねた顔が可愛らしく見えるタイプの女性だし、当人もそれをよく自覚しているのだ。

「あなたはもっと外に出かけなきゃ。色々な人に会って、楽しむの」

　その点は一理ある。もっとも、猫を溺愛する変人の群れと慈善パーティで交流したところで今の気分が晴れるとは思えない。

　曖昧にぼそぼそとごまかしながら、僕は金縁のピンク色のティーカップを持ち上げた。あまりに小さな取っ手で指も通りそうにない。母とのブランチは毎回、どこかおままごとのようで、足りないのは想像の〝おおきなおともだち〟だけだ。今こそ役に立つだろうに。

リサが身をのり出した。紫色の目は優しさにあふれ、切なげで、声は真摯だった。

「メルが去ったことで、あなたが本当に傷ついたのはよくわかってるのよ」

うわ。それは勘弁してくれ。

「リサ、あのさ……」

彼女は突然、はっと背すじをのばした。

「そうよ、ダーリン！　忘れるところだったわ。とても悲しいお知らせがあるのよ」

僕は視線をさまよわせた。手入れの行き届いた芝生、陽光をはね返して輝くプール、風にざわざわと揺れるオレンジとピンクの薔薇の茂み。そのまま母の言葉を待つ。

「あなた、高校の時のあのお友達を覚えてる？　なんて名前だったかしら……とにかくその子がね、亡くなったのよ」

「ああ、知ってる」

驚いたバンビのように、リサの目が真ん丸になった。

「どこから聞いたの？　私は今朝ジェーン・クインから聞いたばかりだし、彼女は昨夜アネット・ペニックから聞いたばかりなのよ」

母親たちの精密かつ複雑な情報網ときたら、ホームズが駆使したベイカー街遊撃隊も顔負けなのだ。あらためて思い知らされる。

「リサ、僕は彼を雇っていたんだよ」

僕は辛抱強く説明した。

「あなたが？　いつ？」

「彼が……死ぬ日まで」

「バッファローで？」

「スーシティのことだろ」

「そうなの？　ジェーンからはたしかにバッファローだと聞いたけれど」

「彼はアイオワのスーシティにいたんだ。ここ九ヵ月は西ハリウッドに戻ってきてたけどね」

母は唇を軽く噛み、愛らしくとまどってみせた。

「ダーリン、何の話をしているのかわからないわ。あの子が死んだのはもう何ヵ月も前のことだし——それに、バッファローで死んだのよ。ああ、アドリアン、とても信じられないと思うわ！　せめて……」

彼女は言葉を切って、不安そうな顔になった。

「ダーリン、あなたスカートを履いたりしてないわよね？」

僕はアールグレイを噴き出しそうになった。

「してないよ、ゲイだけど女装趣味はないから！　ロバートだってスカートなんか履かなかった」

「誰？」

「ロバート・ハーシー。その、死んだ友達だよ」

「ロバート・ハーシーが亡くなったの？」

リサのティーカップががちゃんと受け皿に落ちた。愕然と僕を見る。

「いつ、ダーリン？　なんてこと……！　あなたたち本当に仲よしだったのに。何があったというの？　まさか――」声がぐっと沈んだ。「エイズで？」

すっかり話が脱線していたが、僕は何とかロバートの事件を母に説明しようとした。しかしグロテスクな部分を避けようとすると、言えることはほとんどない。リサはショックを受けつつも、そのおぞましいディテールの方を詳しく知りたがった。

僕自身に警察の容疑がかかっていることはどうにか言わずに切り抜けたが、話をかわすのに必死だったせいで、そもそもの話題を思い出したのはしばらく経ってからだった。

「リサ、それって、ロバート以外にも僕の高校の友達が死んだってこと？」

彼女は頭の中で記憶を巻き戻していたが、その目がぱっとお皿のように丸くなった。さっきと同じ表情になる。

「そうよ！　ええ、バッファローでね」

切なげに僕を見つめた。

「笑っちゃいけないとは思うのよ。本当に可哀想な話なんだもの。もし自殺だったら——ああ、お母様もお気の毒に。さぞや肩身が狭いことでしょう。それにしてもロバートも亡くなったなんて、偶然にしても気味が悪いことね！　あっちの子はスキッピーだったかコーキーだったか何て呼ばれてたかしら、とにかくあの、コーデイっていう子がどこかのホテルの窓から落ちたのよ。十二階からね。それも水玉模様のカクテルドレスを着て、白いハイヒールを履いていたんですって。ハイヒールよ、ダーリン！　仮装パーティでもないのに！」

5

「警察が、来てましたよ……」

その午後、店に戻った僕に、アンガスがそう報告した。

気持ちが一気に沈みこむ。

「またあの二人か。何の用だって？　何か言ってた？」

アンガスが何かぼそぼそと呟いた。僕はぴしゃりと聞き返す。

「何だって？　ちゃんと言ってくれ」

「今回は、一人だけでした……リーガン刑事、とかいう」

「まったく。今度は何の用だ?」

　アンガスが知るわけはないし、僕も苛立ちまぎれに言っただけで返事を求めたわけではなかった。

「まあいい、彼はまた来るって?　それとも僕に電話しろとか言ってた?」

　逮捕令状は持ってなかったか?とは聞かずにこらえた。

　アンガスは肩をすくめただけだった。我関せず、だ。彼の眼鏡の丸レンズに映った、小さな双子の僕だけが気色ばんでいた。

　二階へ向かった僕の背を、アンガスのかすかな声が追ってきた。

「花が届いてます……」

　その花は、よくある花屋の白い箱に入って、フラットのドアの前に置かれていた。

　花をもらうことなど滅多にない。それどころか誰かにもらったことがあるかすら思い出せなかった。

　箱の蓋を取り、僕はぎょっとした。

　黒いタチアオイの花と、血のような真紅の薔薇が十本ほど。棘の先までエレガントな――その棘が、僕の親指を刺していた。

　親指の血をなめ、僕はカードに慎重な手をのばした。

その一文だけだ。署名はなし。

頭が混乱したせいでほんの一瞬、花とカードを置いていったのはリオーダン刑事ではないかという考えが浮かんだ。馬鹿らしい。誰かに花を贈るようなタイプの男ではないだろう——たとえ最高にお気に入りの女に対しても。そんなことをしなくとも女には困ってなさそうだし。

薔薇は美しく、高価に違いなかったが、銀色の薄紙に包まれた花を手に抱くうちに段々と背すじが寒くなってきた。黒いタチアオイの花びらと黒いサテンのリボンが葬式を連想させる。しかも手書きの、署名のないメッセージカード。ロマンティックか、不吉の印か。結婚は人生の墓場、という言葉が頭をかすめた。教会は墓場への入口だ。

誰か、ここに花を送ってくるような相手を思い出そうとした。誰でもいい。だが一人たりとも、そんな可愛いことをしてきそうな相手は浮かばない。変なメッセージつきとなればなおさらだ。

一階でレジがチンと鳴った。紙がガサゴソ擦れる音に続いて、アンガスが客に礼を言っている。少しして、店のドアについているベルがチリンと鳴った。

ふと、単純明快な答えが頭に浮かんだ。花屋の誤配送。ロバートの葬式に送られる筈だった花が、間違ってここに届けられたのだ。

そうに違いない。それで説明がつく。それ以外の理由など考えられない。

まさに論理的な結論だと自分に言い聞かせながら、どうにも気分は落ちつかなかった。もしこれが花屋のミスではなかったら。知り合いが送ってきた花でもなかったら……？

いや。それはない。そんなことはありえない。

フラットの鍵を開けると、僕は花の箱を運びこんで花束をゴミ箱に捨てた。元々、花はそれほど好きではないのだ。しかもこの花束は見るからに陰気で耐えられない。

年とともに猜疑心が増しているだけだろうか——だがロバートが殺された上に、今度はバッファローでラスティが死んだというのはあまりにも気味の悪い偶然だった。

ラスティ——リチャード・コーデイ。この何年も、彼を思い出したことさえなかった。僕たちの仲間で一番最初にゲイだとカミングアウトしたのがこのラスティだった。そしてそのせいで、彼の学校生活がどれほどみじめなものになったことか。

どうか、自殺でないように。僕はそう祈った。どうか卒業した後の彼の十五年間が、高校時代よりも幸せなものであったようにと、痛むほど祈った。

カタッと、背後で小さな音がする。はっと身を返すと、アンガスがキッチンの入口にたたずんでいた。

「うわっ！　一体そこで何してるんだ！」

声にこもった恐怖が、アンガスには聞こえてしまったに違いない。それどころか前の道にまで響き渡った筈だ。

アンガスは身をすくめて両手を上げてみせた。ひっそりとした声で、

「すみません。言うのを忘れてて……友達だという人から、何回も、電話がかかってました」

「どの友達だ」

「ミスター・ラ・ピエーラ……」

クロードだ。ほっと肩から力が抜ける。

「そうか、ありがとう」

アンガスはまだこちらをじっと見つめていた。その目が動いて、ゴミ箱の中の花を見る。それからまた僕を見つめた。

「花粉症なんだ」聞かれもしないのに、わざわざ説明していた。「抗ヒスタミン剤は体に合わなくて」

控えめに微笑みかけたが、アンガスの反応はゼロだった。彼はうなずくと、まるで僕が襲いかかってくるのを恐れるようにこちらを向いたままキッチンをじりじりと後ずさりしていった。

彼が去ると、僕はフラットの鍵を中からかけ、座ってクロードに電話をかけた。

『一体どこにいたのよ！』

クロードの歓迎からはいつものおフランス風味が薄れ、アメリカ南部の訛りが顔をのぞかせつつあった。

『あんたのせいであいつらに目をつけられたじゃないの！　なんて——なんて——愚鈍なことを！』

「何の話だよ」

『あの連中！　警察ども！　あいつらが来たのよ。ここに。私の店に！』

蛮族がパリに攻めこんだ！とでも叫び出しそうな調子だった。

「警察はロバートの部屋にあった手紙を読んだって言ったろ。〝漆黒の麗人〟なんて署名しといて、本当にばれないと思ったのか？」

沈黙が落ちて、電話の向こうから遠い雑音や人の話し声、鍋がぶつかる音だけが聞こえていた。やがてクロードが忌々しそうに言った。

『ハッ！　言っとくけどね、可愛い子ちゃん《マベル》、あいつは私のこと以上にあんたのことも聞き回ってたからね。あのあんたの白馬の王子様』

「誰だ？　リオーダン刑事か？　何を言ってるんだよ。刑事が何を聞いてたって？」

『根掘り葉掘りよ！』

クロードが金切り声を上げた。

『いつどこで誰が誰と何をどれだけ！　いちいちいちいちいち！　あいつ信用できないわ、あの刑事。何かたくらんでやがる』

動揺がこみ上げてきたが、僕はそれを押さえこんで答えた。

「型通りの捜査だろ、それ。警察はロバートの知り合いを全員確認して回ってる筈だよ」

クロードは、英語に直すと「けっ」というような音を立てて、

『あのデカ、何か気になる。あのデカぶつ——まったくね。そうだ、あいつどこかで見たことがある……』

そのまま数秒、彼は黙って考えこんでいた。そう言えば、警察が僕の電話を——あるいは両方の電話を——盗聴しているなんて可能性はあるのだろうか？

「なあクロード、ロバートは誰とつき合ってたんだ？　あの夜、あいつは誰と会おうとしてた？」

クロードは受話器に手のひらをかぶせて、何か聞きとれないことを誰かに怒鳴ってから、電話口に戻ってつっぱねた。

『何だって私が知ってるのさ』

「いつも知ってるじゃないか」僕はなだめた。「何でもよく知ってる」

『色々小耳にははさむけどね』クロードは嫌そうにそう認めた。『話も聞くし』

「ロバートは誰かとつき合っていたんじゃないか？」

『つき合う？　あいつは人とまともなつき合いができる男じゃないわよ。あの尻軽野郎』

クロードの言葉ににじむ苦々しさに、僕は面食らった。もしかしたら、クロードの方はロバートに対して本気だったのだろうか？

　慎重に問いを重ねる。

「ロバートは僕と口論している途中にレストランを出ていったんだ。誰かに会いにね。その相手は待たせられない——待たせたくない相手だった筈なんだ」

　クロードが耳ざわりな笑い声を立てた。

『はっ。そんであいつはカモと一緒に路地裏でギンスナイフでひと勝負やらかしたってわけね。〝切って刻んで切れ味抜群〟ってさ！』

　一瞬、クロードがどういうつもりで言ったのかわからなかった。ナイフの広告の言葉など持ち出して、冗談のつもりか、それとも何か隠れた意味があるのか？　果たしてクロードは、殺人犯が残していったチェスの駒のことを知っているのか。

　とにかく、たずねた。

「ロバートは誰かにたかろうとしてたのか？　それとも、金と引き換えに誰かと寝てたのか？」

『何、いきなりそんなこと聞いて。女の子はヤるのが大好きよ、天使《モナンジュ》ちゃん。ロバートだっておんなじよ』

「ロバートは金に困ってた。あいつ、自分を売ってたのか？」

『知らないね』

「ロバートがカモと一緒にいたと言ったじゃないか。そう言う根拠が、何かあるんだろ」

沈黙。

やがてクロードが口を開いた。

『……首をつっこむんじゃないよ、アドリアン。警察にまかせときな』

「警察は信用できないって自分で言ったじゃないか」

『そんなこた覚えてるさ。でも死ぬより留置場の方がまだマシじゃなくって、そうでしょ？《ネスパ》』

返事をしようと口を開けた時には、電話はもう切れていた。ゆっくりと、僕は受話器を戻した。

座りこんだまま、カップボードのガラス扉の向こうでうっすらと光を反射しているスミレ柄のティーセットを見つめた。カモ、とクロードは言った。お客？　獲物？　どういうことだろう。最近のロバートの雰囲気と、その言葉はしっくりこない。ロバートは楽しそうだった——いや、まさに近頃の彼は陽気《ゲイ》そのものだった。

そして、何かを秘密にしていた。

ロバートは秘密が大好きだった。自分の秘密も、他人の秘密も。知っているぞ、と匂わせるのも好きで、他人がびくびくするのを見ては楽しんでいた。彼が誰かを脅迫していたのではないかと考えた根拠のひとつは、それだ。ロバートが嫌がらせから道を一歩踏み外して——大きすぎる一歩だが——、秘密と引き換えに誰かに金を要求しはじめたのではないかと。

だがこの仮説には問題がある。あのロバートに、金になるような情報がつかめたとは思えないのだ。殺されるような重大な情報ときてはなおさら。昔のミステリではホモセクシュアルの秘密を守るための口封じ殺人は王道だったが、今の時代、そこまでして隠すような秘密でもないだろう。

あの夜、どうしてロバートはレストランに戻ってきた？

もし僕がまだレストランにいたら、彼の運命は変わっていたのだろうか。

何故戻ってきた——デート相手に逃げられた？　喧嘩した？　それとも会いに行く途中で気が変わった？

僕に話があったなら、どうして書店まで会いに来なかった？

何を言おうとしていたにせよ、すべてはロバートの死とともに永遠に失われたのだ。真実は二度とわからない。

気持ちがふさいで、僕は寝室に向かうと、ヒューゴ・ボスの上着とズボンを脱いで黒のスウェットに着替えた。ちらりと鏡に映った自分を見て、ふと思う——もしお前が明日死んだら、誰が泣いてくれる？

ロバートがどんな人間で何をしたにせよ、彼には死を嘆いてくれる人々がいた。ただの顔なじみだけではなく。自分の子供たちや、勿論あの前妻も。

そのタラは、葬式の帰り道で僕をつかまえたのだった。

目を合わせたくないのか、彼女は目を伏せて、ハイヒールについた芝生のかけらをはぎ落としていた。

「ねえ、アドリアン——ごめんなさいね。あんなこと言ってしまって。私、酔ってたのよ。飲むと駄目なの」

一瞬置いて、僕はうなずいた。

「いいんだ。こんなことがあったんだ、普通の気持ちじゃないのはわかるよ」

「ロバートにとって、こっちでの暮らしは一時の気の迷いだったの。たしかにあの人、色々と行き詰まっていたけれど……でも、私のことはまだ愛していた。最後に話をした時、愛してると言ってくれた。私たち、いつかは元通りになれる筈だったのに……。でもあなたを責めるなんて間違ってるわよね。あなたはあなたなりに、ロバートのいい友達でいてくれただけなんだから」

「もういいよ、タラ」

顔を上げたタラの手は曖昧に宙を動き、何かを示したいが、どうすればいいのかわからないかのようだった。僕は歩みよると、彼女に腕を回した。彼女の帽子を何とかよけながら、ぎくしゃくとしたハグをかわして、僕たちは離れた。

子供たちを見やる。ロバートの子供だ。カールした金髪の男の子、ボビー・ジュニアは本当に可愛い少年だった。彼の手を握っているのは天使のような幼い少女で、兄と同じ金髪のカールと薔薇色の唇をしていた。毎回、彼女の名前がどうにも思い出せない。

二対の、緑色の瞳が僕をじっと見上げている。ロバートと同じ目で、子供たちは僕を見ていた。言葉にならない悲しみがつき上げてくる。彼らのために何かしてあげたかった。

「タラ、何かできることがあれば――」

彼女は素早く首を振った。

「優しいのね、アドリアン、でも結構よ。何もないわ。今は」

黒いベールの向こうの目は淡く、視線はひるまず、涙はなかった。

僕はずっと、タラのことが理解できなかった。ロバートがどうして彼女に惹かれるのか、まったく理解できなかった。まあもともと僕にとっては女の子全員が――今でも――謎なのだが、高校時代から、タラは僕にとって解けることのない大きな謎だった。

部屋で昔のタラを思い返していたら、死んだラスティのことを思い出した。

僕はゲストルームにしまいこまれた保管用の箱を引っ張り出してくると、中を引っかき回した。アルバム、メルからの手紙――何で捨てずにとってある？――、書きかけの原稿、大学からの冊子。そしてやっと、箱の底から、高校の卒業アルバムが出てきた。青いコーティングの表紙に金色の字が踊っている。〃ウエストバレー高校〃。公立高校の生徒たちからは〃西《ウエスト》の果て高校〃と陰口を叩かれていたものだ。

消えかけの寄せ書きを眺めながら、一体自分が何を探そうとしているのかよくわからなかった。当時は陳腐に思えた寄せ書きの言葉が、今は何故か胸に刺さる。大学でも元気でな、永遠に友達でいような、大好きよ（ブルックより）。ブルックって誰だ？　〝永遠に友達〟の連中は今どこでどうしているのか。僕にとって高校最後の一年間はぼやけたもので、思い出せることといえば、どうにか周囲に追いつこうと闇雲にもがきつづけていたことと、僕が倒れるのではないかと恐れた母とおかかえの医者たちが今か今かとそばで待ちかまえていたことばかりだ。

記憶が、艶のある白黒のページから、理科のホルマリンの匂いのようにたちのぼってくる。僕はロバートの写真を見つめた。何気ない日常スナップのようだが、実際にはそう見えるよう丁寧に整えられて撮られた、新聞部の写真だ。背後にはタラが立っていて、カメラにフィルムを装填するふりをするロバートを見つめていた。

僕はパタンと卒業アルバムを閉じて、一階へ下りた。アンガスに声をかける。

「帰りたかったら、今日はもう早上がりしてかまわないよ」

アンガスは肩をすくめた。

「向こうのオフィスで何かしたいなら、僕は店番してます……大丈夫です。どうせ、墓場みたいに静かなんで」

墓場と言われて、表情がこわばっていたのだろう。アンガスが囁いた。

「すみません……」

彼が読んでいた本に視線を落とした。――悪魔百科。

凝視している僕に、アンガスがぼそぼそと呟いた。

「論文のための資料で……」

悪魔の論文？　僕は口を開けたが、真実は知らない方がいいと判断して口をとじ、オフィスへ向かった。デスクに座り、ここ一週間のメールを整理する。だがまるで、他人に向けて届いたもののような気分しかしなかった。何の関心も湧いてこない。

肘の横で電話が鳴り出した。無視していると、ぴたっと鳴りやんだ。

「電話です！」

アンガスが店内から怒鳴り、僕はあやうく床へ転げ落ちるところだった。彼の声帯に何ら問題があるわけではないとわかったのはいい知らせだが、しかし、電話の伝え方については教育の必要がある。

僕は受話器を取った。

沈黙。

「何か御用ですか？」

カチッ。

ツー、ツー、ツー……。

肩をすくめて受話器を戻した。

さて、これからどうすればいいのだろう？　ロバートは殺され、警察は僕が犯人だと思っている。少なくとも、何か重要なことを隠していると思っている。しかしそんな警察でも、もしかしたらきちんと事件を解決してくれるかもしれない。それが仕事なのだし。できないことはないだろう。ありえないとは言い切れない。

それでもここは、少しばかり自発的に動いておいても損はない。リオーダン刑事によれば、僕はきっと自覚している以上のことを知っている筈なのだ——あの刑事がこっちを引っかけようとして罠を仕掛けているのでなければ。

引き出しから、黄色いリーガルパッドを引っぱり出した。よし。スタートは完璧だ。僕はペンを取り上げ、1から10まで丁寧に数字を書いた。

よしよし、まず第一に……。

空白のページを見つめる。思わず「洗濯をすませる」と第一項に書きこみそうになって、寸前で自分をとめた。

集中しろ。

数秒後、僕はチェスの駒を描いていた。ポーン。チェスの駒は、ユングやフロイト的にはどうなるのだろう。それにしてもどこからとりかかればいいのだ？　誰がロバートを殺したがっていた？　タラ？　クロード？　なんて馬鹿馬鹿しい。

だが、誰かがロバートを殺したのだ。

殺人の多くは被害者の知己によるものだが、それでも、ロバートの死は突発的な行きずりの犯行だと思いたかった。ゲイ・バッシングに巻きこまれたとか。名刺代わりにクイーンの駒を残していくような誰か、連続殺人犯《シリアルキラー》だってありえなくはない。まあ、ほかの被害者がどこにいるのかという問題は残るが。

　警察はロバートの事件が連続殺人だとは考えていない。彼らは――僕を容疑者だと考えている。

　それとも、それも見せかけだとか？

　リオーダンが僕にクイーンの駒を見せた、その目的は何だったのだろう。あれをつきつけられた僕が本性をむき出しにして、キャスリング、アンパッサン、ギャンビット、エンディングなど邪悪なチェスの知識を次々とひけらかすとでも思ったか、それともあのプラスチックの駒のように白くなって、すべてを白状するとでも？

　それとも――リオーダンは本当に、僕の力を借りようとしているのだろうか。


　その夜、〝フレンチマンズ・クリーク〟の映画を見ながら――長いウェーブのかつらをつけたこのバジル・ラスボーンにぐっとくるのは僕だけなのか――ドライアップル入りのシリアルを食べていたところへ、リオーダンがやってきた。

　彼は一人だった。白いヘンリーシャツにジーンズの姿は、思わず食指が動きそうなくらい実に食べごろに見えた。

「遊びに来てくれたわけじゃないんだろ」僕は彼を二階のフラットまでつれて上がりながら、そう言った。「ビールは出さない方がよさそうだな」

「出してくれてかまわんさ」

リオーダンが答える。フラットに入った彼はキッチンカウンターによりかかって、向かいの壁紙の葡萄の葉の模様をじっと眺めていた。この男がいるだけでキッチンが狭い。これでも大きなキッチンなのだが。

リオーダンがそばにいると自分が貧弱に思えてきて、何となく腹が立った。

僕はハープのビールを二本、冷蔵庫から取ってくる。リオーダンの顔に初めて、かすかだが好意的な表情が浮かんだ。

よく冷えたボトルを渡す瞬間、二人の指がかすめた。パチッと静電気がはじける。火花が散らないのが不思議なほどの衝撃だった。

「座ってもいいか？」

リオーダンがキッチンテーブルを示した。

「ああ、どうぞ――悪いね、不作法で。逮捕しにきたのかと思ってうっかり忘れてたけど、とりあえず客だよな」

彼は嘲るような視線をこちらへ投げると、椅子に座って、後ろ脚側へ傾けた。

「さて、今日は楽しませてくれるんだろうな？」

「え……えと、何？」

　間違いなく、赤くなっていただろう。あらぬ方へ連想がとんでいた。

　リオーダンの焦茶の眉がいつもの傲慢な仕種で持ち上がった。

「お前はそのケツが牢屋に放りこまれないですむように、ハーシーとチェスの駒のつながりを見つけておくって話だっただろう。何も見つけてないのか？」

「チェスの駒について、思いついたことは全部話したよ」

　僕は冷蔵庫にもたれかかった。リオーダンの前では、座らないで立っている方が身の安全のためという気がしてならない。

「クイーンがクイーンを意味するとかいうやつか？　犯人はチェス好きでホモ嫌いの通りすがりの殺人犯？」

　僕は肩をすくめた。

「知らないよ。なら、チェスの歴史でも話せば満足か？　チェスは二名のプレイヤーの間で行われる知能戦、プレイヤーはそれぞれ十六個の駒を持つ。つまり、もしこれが連続殺人犯《シリアルキラー》なら、そいつは十六人殺すつもりなのかもしれない。六十四人というのもありえるね、チェス盤は全部で六十四マスある」

「これはシリアルキラーの犯罪じゃない」

「どうしてわかる？　ロバートが最初の一人かもしれないのに」

「わかるんだよ」

　リオーダンはぐいとビールのボトルをあおる。それから僕を眺めた。

「背はいくつだ？　一七八か、一八〇くらいか？」

「一八二センチ」

「サバを読んでるな」

　実際には一八一・五だ――まあ細かいことはいい。

「ハーシーは、一七五ぐらいか。背は低いががっちりしていた。日頃から鍛えていたようだ。とにかく、うちの検視医の分析によれば、ハーシーを襲った相手は彼より十から十三センチほど背が高かったと見られる。お前でも不可能ではないが、爪先立ちして襲う必要があっただろうな」

　二人して、白い靴下に覆われた僕の爪先を見下ろしていた。思わず僕は爪先を落ちつきなく丸め、またのばす。

「それにお前じゃ、ハーシーをゴミ回収箱に放りこむのにも手こずっただろう」

　リオーダンが続けた。

「お前の主治医にも話を聞いてきた。全体として健康に問題はないが、働きすぎとカフェインの摂りすぎだと言っていた。俺の理解が正しければ、お前の最大の問題は不整脈だ」

「高校生の頃、リウマチ熱にかかったんだ。それで心臓の弁がやられた」

「ああ、医者からもそう聞いた。だが医者によれば、普段の生活の範囲であれば動いてもかまわないそうだな。危険なのは、突然のショックだ。お前は驚きに弱い。俺もこの目で見たがな」

「だが、誰かを刺し殺すことは可能だ――医者はそう言ってたんだろ?」

リオーダンは唇を笑みの形に歪めた。

「ああ、ストレスにはなるだろうが、不可能だとは言わなかった」

結局、何の証明にもならない。まあリサのコネをもってすれば、僕を完全な病人に仕立ててくれる医者の一人や二人すぐに見つかることだろう。僕はたずねた。

「検察側が専門家を証人として呼んだ場合、弁護側は信頼に足る証人を呼んで反証させることができるんだよね?」

「ああ。だが何もここでお前の裁判をやろうってわけじゃないんだ、イングリッシュ。俺たちはお前の――古いお友達、を殺した奴を見つけ出そうとしてるんだよ。なあ、俺だってそいつをさっさとつかまえて終わりにしたい。誤認逮捕は税金の無駄遣いだからな」

「なんて素晴らしい心がけ」

僕はビールを一口飲んだ。ビールとシリアル。理想的な夕食。

「あのな、お前には納得しづらいことかもしれないが、警察や司法の組織は信頼に足る存在なんだ。関わる者が己の職務をまっとうとする限り、システムはうまく機能する」

思わず冷ややかに言い返していた。

「警察は決してミスをしないとでも？」

「映画やドラマが観客に思いこませようとしているほどにはな。しない。この国の法制度は完璧なものではないかもしれないが、現状では最善だ」

リオーダンと、短く目が合った。彼の精悍で、魅力的な顔立ちを見つめ、僕は明らかに一度ならず折られたことのある鼻に目をやった。仕事柄か、人柄か。

「ロバートにはあちこちに借金があった。僕にもね」

「金貸しが取り立てに来て殺したというのか？　あまり儲かりそうなやり方とは言えないな」

僕はビールを横に置くと、シンクに向き直り、シリアルを食べた器を洗った。水をとめる。シンクの上の窓から、スモッグの夜空に浮かぶ色褪せてくたびれた月が見えた。隣の部屋のテレビ画面ではロッキンハム卿を演じるバジルが美しいイギリス英語で脅し文句を朗々と披露し、キッチンの沈黙を満たしていた。

リオーダンが気怠げに口を開く。

「チャンは、あんたがハーシーを殺したと考えている。あれは勘がいい男でな」

「なら逮捕すればいい」

「証拠が揃えばそうする。だが今のところ、不当逮捕だと騒ぐ人権団体を敵に回したいほど暇じゃなくてな」

僕は彼へと向き直った。真正面からたずねる。

「そっちはどうなんだ。僕がロバートを殺したと考えているのか？」

リオーダンは肩をすくめた。

「俺もたまには見当違いをする。多くはないが」ボトルのラベルを親指の爪で剥がした。「話を戻すと、さっきの借金の話は当たりだ。ハーシーは大金を借りてた。クレジットカード、養育費の未払い、ほかにもいくらか、あまり表向きではない金貸しからも」

「高利貸」

僕の物言いに、リオーダンがちらりと唇を持ち上げた。

「まあ、な。その線も追ってる」

「でもどこかのチンピラがロバートを殺したと思ってるわけじゃないんだろ」

「さっきも言ったように、あまり儲かるやり方じゃないからな。金を返さない相手をいきなり殺したりはしないもんだ。最初は歯を何本かぐらつかせてやるぐらいが普通だ。何本か骨を折ったりな」

リオーダンに二本目のビールを出してやったが、気付いた様子もなかった。あちこちの女たちに世話を焼かれて感覚が麻痺しているに違いない。

「考えていたんだが」僕は、ゆっくりと言った。「ロバートにはつき合っている相手がいた。ただの行きずりの遊び相手じゃない。部屋に、花があった。薔薇の花束だ。寝るだけの相手なら花なんか贈らないし、ロバートは自分で花を買うタイプじゃなかった。あの夜ロバートが誰と約束していたのかわかれば、殺した犯人もきっとわかる」

「残念ながら、部屋にあった花束にはメッセージカードがついていなかった」

リオーダンが鋭く指摘した。警察が何か見逃しているに違いない、なんて考えたのは実に甘かった。

「それにな、お前があの花の贈り主だという見方もできるんだ」

そう言われて思い出した。僕はカウンターから離れると、ゴミ箱から花束を探し出してテーブルの上に放り出した。リオーダンが楽しげに「お友達から始めようか」とか言っているが、それは無視する。

「今日、この花が届いたんだ。カードもついてた」

ゴミ箱のところに戻り、がさがさとあさって、ダイエットコーラの空缶と冷凍食品の空箱の間からメッセージカードを探し出した。長方形のカードを、リオーダンへ向かってテーブルの上にすべらせる。

「できることなら花屋の間違いだと思いたいんだけどね」

リオーダンはカードを取り上げた。メッセージを読む。肩をそびやかした。

「これだって、お前が自分に送ったのかもしれないさ」

「そこのところは、花屋に行って確かめてきたらどうだ？」

「それで何がわかる？　この花が事件と何らかの関係があると俺に信じこませたいのか？」

「知らないよ。ただ嫌な感じがする——」

「女の勘か」

「ふざけんな！」

リオーダンはさらに椅子を後ろへ傾けた。今にも倒れそうだが、他人のことも、重力のことも、歯牙にもかけていない様子の男だった。

「どうどう、落ちつけ」無神経に眉を動かしてみせる。「キッチンナイフでもつかみに走るか？」

「キッチンにある刃物の種類は、そっちの方が詳しいだろ」

彼は動じもせずに、ニヤリと笑った。

「そうか？」

「そうさ。月曜、いかにも親切顔で僕のクローゼットに侵入者がいないかどうか確かめにこのフラットに入ったじゃないか」

リオーダンは笑い声を立てた。「まあ、大した秘密《クローゼット》じゃなかったな？」

「まったくだ。僕はクローゼットが嫌いでね。人生はクローゼットに隠れて無駄にできるほど長くない」

リオーダンが花屋のカードをポケットにしまって、口を開いた。

「こういうのはどうだ？　俺は花屋を調べておく。お返しに、お前はクロード・ラ・ピエーラのことを話す」

「いいね。今度は友達を売れってわけだ」

「奴がハーシーを殺していたら、友達とは言えないだろう。ラ・ピエーラはお前の恋人か？」

「まさか」

正直、ぎょっとした表情を隠せなかったのだろう。リオーダンが続けた。

「あいつの手紙を取り戻すために、随分と危ない橋まで渡ったじゃないか。ハーシーの部屋で探していたのはその手紙だったんだろう、違うか？」

「手がかりを探しに行ったんだ。そう言っただろ」

「成程？　それからお前はラ・ピエーラの店に行こうと提案した。警察がもう手紙を見つけていたと、奴に警告するためだろ」

僕の表情を見て、彼は笑い声を立てた。

「いい度胸をしてるよ、イングリッシュ。そこはほめてやる」

「いいか、クロードはいい奴だし、親切で優しいし――」

「ふむ、ふむ、ふむ。ラ・ピエーラことハンフリー・ワシントンに少年時代の逮捕記録があるのを知ってるか？　あんたの腕ぐらいの長さのリストだぞ」

言われた瞬間、思わず凍りついていた。一瞬おいて、やっと言い返す。

「少年時代の逮捕記録は証拠としては採用されない筈だ」

「さっきも言ったが、まだまだ裁判の段階じゃないんだよ。俺が言いたいのは、そのガキが凶器を使った傷害事件で少年刑務所に入ってたってことだけだ。遊び相手の尻に、ナイフで自分のイニシャルを刻みこんでな」

　自分でも変だと思うのだが、喉元まで質問が出かかっていた。「どっちのイニシャル？」と。親がつけた名前のイニシャルか、それとも自分で名乗っている名前のイニシャルか。だが、口にしたのは別のことだった。

「人は変わる。そうだろう？　それが刑務所の存在意義だ」

「変わらない奴もいる。それが死刑の存在意義だ」

　リオーダンの顔は冷厳だった。人間の弱さを許さないタイプの男。

　僕は呟いた。

「人間は、成長するんだ」

　リオーダンが小馬鹿にした表情を浮かべた。

「あいつが、あんたのお友達のハーシーに送っていた手紙のどれでもいいから読んでみたか？　いわく〝別れを告げよう、あらわに剥かれて葡萄のごとき紫のそれに　この唇を押しあてており前の呻きを引き剥がし　この舌は山犬の舌のごとき真紅の飛び出しナイフとなってひらめくそして私は愛するものを殺す　殺しながら愛する〟」

　僕はまばたきした。

「まあ……たしかに、ロバート・フロストばりの詩人とは言えないけど」

「こちらの代物はどうだ？　〝真夜中にお前の体の豊饒を祝う　己の排泄物の中で手に入れた笑顔で私を裏切ったお前　私をもてあそんだお前の魂から　悲鳴と血潮にあふれたお前の口から内臓を刻み出すのだ〟」

「何がぞっとするって、あんたがそれを全部そらんじてるってことだよ」

「いいや、一番ぞっとするのは発見されたハーシーの死体が、まさにラ・ピエーラやその同類が喜びそうな状態に仕上げられてたってことさ」

僕はごくりと唾を呑みこんで、口を開いた。

「……下手な詩は、犯罪じゃない。犯罪的だとしても起訴はできないだろ。あんたにはなかなかこの、その――芸術家気質というものは理解できないかもしれないけど、クロードのようなタイプは詩を書くことで暴力的な衝動を紙の上に発散してるんだよ」

「その素敵な詩を、紙以外のものに刻もうとしたのかもしれないがな」

6

悪夢を見た。

一人暮らしが嫌になるのはこんな時だ。夜中に目を覚ましても一人きり。手をのばしても抱きしめられる相手はどこにもいない。気持ちを安らがせてくれる寝息やいびきも聞こえてこない。上等なシーツに包まれた、クイーンサイズの孤独だけ。

何の夢かは覚えていなかったが、目を覚ますと汗まみれだった。心臓が、風に揺れる壊れたシャッターのように激しい音で叩き鳴らされている。自分がどこにいるのか悟るまで、一瞬、あるいはもう少し長くかかった。もつれたシーツと絡み合って体の自由が奪われている。押しよせてくる騒音は、屋根を叩いて雨樋に流れこむ雨の音だった。

起き上がると、僕はベッドサイドのランプをつけた。ピンク色のガラスシェードを透過した光がやわらかく潤み、重々しいウォルナットの家具たちをそっと浮かび上がらせた。祖母のアナが遺した家具を、ソノラの牧場から引き取ってきたものだ。

祖母は、イングリッシュ家における伝説的な存在だった。一九三〇年代、まだ離婚がスキャンダラスなものだった時代、彼女は夫を捨てて馬の繁殖牧場を始めたのだ。それも当時はまだろくに住む者もいなかった土地で。彼女は男のようにズボンを履き、煙草をふかし、ライフルの腕前はアニー・オークレイ顔負けだった。

子供の頃、僕はその牧場で夏をすごしたものだった。母はそれを嫌がったが、金銭的なこともあって父方の親戚にはそう冷たくもできなかったようだ。僕が八歳の時に祖母は死に、遺産を僕に遺してくれた。牧場も僕の所有になったのだが、あれから一度も行っていない。

この寝室の家具は、ほとんど祖母のものだった。本物のアンティーク。そびえたつ四本の支柱に囲まれた重厚なベッド、緑の大理石の天板で飾られた鉤足のドレッサー。どちらも、まだ親から子へと家具が代々受け継がれていっていた時代の丁寧な職人仕事で、二つの世界大戦を越えてきている。ほかにも古書やアンティークのカップなど､時代を感じさせるものばかりだ。

時代をまたいで存在するものにこれほど惹かれるのは、自分自身がはかなく、短い存在だという気持ちが拭えないからかもしれなかった。

ブランケットとシーツを振りほどき、枕を軽く叩いて形を整える。時計は夜中の二時二分を示していた。雨が流れる窓の向こうに、外灯の光がにじんでいた。静かだ。オールドパサデナでもこのあたりは商業地域なので、夜はゴーストタウンのように静まり返る。

僕は横になり、すぐ眠れるさ、と自分に信じこませようとした。リオーダンなら小馬鹿にして鼻を鳴らしそうだ。

昔はよく、こんなふうに横になりながら、いつまでも心臓の音に耳を傾けていた。鼓動が一拍はねたり乱れたりしたと感じられるたび、冷や汗をかいていたものだ。ありがたいことにその癖は克服した——メルによれば「不健康であることに慣れた」だけらしいが。

温かい飲み物があれば……だが冷えきった床や閉ざされたベッドルームのドアの向こうにひろがる暗闇を思うと、とても立っていく気になどなれない。

気持ちをそらそうと、僕は頭の中で『殺しの幕引き』の校正を始めた。思うに、シリーズの主人公ジェイソン・リーランドへの不満が最近くすぶり出しているようだ。もっとがっしりとして大柄の、金髪の主人公にしておけばよかった。もう少し野性味のある……。

いきなり電話が鳴り出した。

甲高い電話の音に、まるで感電したようなショックが全身を走る。気を取り直して、僕はベッドのはしから身をのり出して床を手で探った。電話を見つけたが、勢いで受話器を叩き落としてしまい、どうにか探り当てる。

かすれ声で出た。

「もしもし?」

沈黙。

何の音もしない。いや——誰か、いる。かすかな呼吸の音が聞こえてくる。

口を開けて、だが僕は何も言わずに閉じた。そのまま待つ。

息づかいが聞こえる。男か女かはわからない。

そうして、どれだけたったのだろう。数秒? 数分?

永遠のように思える時間の後、受話器からぞっとするような小さな笑い声が聞こえて、電話が切れた。

やっと眠りに戻れたのは、空が白みかけた頃、受話器を床に転がしてのことだった。

日曜日は何事もなくすぎていった。

ロバートがつき合っていた相手の手がかりがないかと、ロバートの友人たちに電話をかけてみたが、成果なしだった。彼に恋人がいたなら、ごく最近のことの筈だ。ロバートの家族はいまだにロバートがゲイだというのを否定しようとしていたし、この件は聞いても無駄だろう。

月曜になると、僕はボーイタイムズの西ハリウッド事務所に電話をかけた。だが「ブルース・グリーンという記者はいません、いたこともありません」という返事をもらっただけだった。

どういうことなのだと苛立っているところに、タラが子供をつれて店にやってきた。いつものごとく、家族写真からそっくり抜け出してきたような、実に絵になる一家だ。完璧な身なり、考え抜かれたお揃いのコーディネート。

「もう一度あやまっておきたくて。私本当に、電話でひどいことを……。本当に、どうしてあんなことを言ってしまったのかしら」

タラはそう呟いた。

どうしてなのか――お互いの頭の中をそれぞれの理由がよぎり、いたたまれない沈黙が落ちた。僕が何とか言葉を返そうとするより先に、タラが先を続けた。

「明日の飛行機で、スーシティに戻ろうと思って。その前にこれを渡したかったのよ。ロバートのよ。彼にとって何か、大切なものだったんだと思う。何週間か前に、送ってくれとわざわざたのまれたくらいだから」

　小脇に抱えていた本を、僕に手渡した。受け取って、僕は青い表紙に刻まれた金の文字を見つめた。ウエストバレー高校。高校の年度アルバムだ。

「君の思い出も入っている筈だよ、タラ」

「違うわ、それはロバートが二年の時の年度アルバムよ。私がカリフォルニアに引越してウエストバレーに転入したのは、次の夏だもの。あなたがまだ入院してた時」

「ああ、そうだったね。忘れてたよ」

「ロバートの友達はみんなそう。覚えてないの」

　タラの笑みは、どこか引きつっていた。

「私は、自分がそれだけ自然にみんなに溶けこんだからだと思ってたわ。元からいたみたいにね。でも今思えば、違ったのね……影が薄すぎて、みんな私のことなんか気にもとめてなかっただけなのよ。ロバートの友達にも、ロバートの人生にも、私はいないも同然だった」

「そんなことはないよ」

「そうなのよ」

　彼女は吐き捨てた。

　女の子の方――ハンナ――が僕が手にしているＴａｂの缶をさした。

「コーラ。のむ！」

そばにいる兄のボビー・ジュニアがつついて注意しようとする。

だが話がそれたことにほっとした僕はその場を逃げ出して二階へ駆け上がると、コーラを二本つかんで戻り、兄妹にそれぞれ手渡した。タラは少々苛立った様子だったが、結局は缶のプルトップを開けてやり、子供の完璧な服とフローリングの床にとび散ったしぶきを拭った。

元のように立ち上がると、彼女は物思いにふけるように呟いた。

「実を言うとね、私、昔からあなたに嫉妬してたのよ、アドリアン。あなたのことをろくに知らない頃からね。もしかして、あなたがスタンフォード大に行かずにそばに残っていたら、ロバートは私となんて結婚しなかったかもしれない」

「ロバートはしたくないことは何があってもしない奴だったよ」

果たしてこれで元気づけていることになるのだろうか。タラは馬鹿ではない。わざわざ言わないでおいたことまで聞きとられただろう。

タラが続けた。

「短大の二年間、それからＩＢＭに就職。辞めてアイオワに引越し。あの人、どこにも落ちつけなかった」

「ここでもそうだったよ」

一瞬、キッと僕をにらんでから、タラの表情が少し落ちついた。

「気を使ってくれてありがとう」

彼女の目は僕ではなく、もっと遠くを見ているようだった。

「変よね。今でも、高校に転校した頃のことを覚えてるけれど、ロバートはとても――なんて言うか、皆とうまくやってた。どうして変わってしまったのかしら。あの頃は誰からも好かれていたし、テニス部や新聞部に入って、ほかにも活発にあちこちのクラブに顔を出してた。だから二人きりですごせた時間なんてわずかなものだったけれど、一緒にいられるだけで幸せだったわ。あの人は私に歌や詩を書いて贈ってくれたのよ。そういうところ――ロバートは、ほかの男の子たちとは全然違ってた」

リオーダンが聞いていたら、きっと鼻でせせら笑うところだっただろう。

僕は相槌を打った。

「あいつはいい友達だったよ」

タラは歪んだ笑みを唇に浮かべた。

「ええ、あなたにはそうでしょうよ。私も覚えてるもの。病気の同級生に会うために、ロバートはしょっちゅういなくなってた。心臓の悪い、お金持ちのお友達のためにね。彼の、そんなところも好きだったわ。それだけ優しい人なんだと思ったから。あの時は」

「優しかったさ」僕は答えた。「病院に見舞いにきてくれたのはロバートだけだった。退院した後も、授業のプリントとか図書館の本とか、必要なものをあれこれと家まで届けてくれた。ベッドのそばに座っては、テニスの試合の話とか、誰と誰が喧嘩したとか、生物の授業中にレッチャー先生のカツラが落ちた話なんかをしてくれたもんだったよ」

長い間、思い出しもしなかったことばかりだ。こうして思い出を振り返ってみると――後に色々なことはあったが――僕がずっとロバートを好きでいつづけたことには、たしかな理由があったのだ。病気で寝つき、ひとりぼっちで怯えていた時、ロバートだけがそばにいて下品なジョークをとばし、ロックバンドのＣＤを貸してくれた。

彼女の視線がまっすぐに僕を射貫《いぬ》いた。

「私の話は何かしてた?」

僕はたじろいだ。

「何を話したかは、ほとんど覚えてないんだ。もう随分と昔のことだからね」

「私も、ロバートからあなたの話は聞いたことがないわ」

タラは冷ややかに言った。

「あの人、授業はサボったし私のデートもしょっちゅうすっぽかしたけど、あなたの家に行くのだけは絶対に忘れなかった。どうせあの頃、あなたたち二人して、何も知らない私のことを笑ってたんでしょ」

「誤解だよ。僕らはお互い、そんな気持ちなんて全然――」思い直して、僕は言い替えた。「お互いの気持ちになんて気がついていなかった。どちらもね。少なくとも、認めようとはしてなかった」

「あの時、私も気がつけばよかったわ。ロバートはデートでも積極的じゃなくて、ろくに迫ってもこなかったんだもの――まったくね！　ああ、なんて馬鹿だったのかしら！」

少なくとも、タラが否定をやめて怒りの段階《ステージ》に移行したというのはいいことなのだろう。多分。僕は口を開いた。

「タラ、今さらそんなことを蒸し返してどうする？　もう、一緒にすごした思い出を大切にした方がいいんじゃないか。彼は君と結婚して、一緒に家庭を築いたんだから。たしかに、ロバートは色々と厄介な男だった。だが彼が行き詰まったのは、多分、ゲイだったこととは無関係だ」

ゲイという言葉を耳にして、タラは身をこわばらせた。反射的に子供たちを見下ろす。ハンナはピンク色のオーバーオールにぼたぼたとコーラを垂らし、ボビー・ジュニアはロバートによく似た緑色の目を細めて僕を見上げていた。

タラが刺々しい笑い声をこぼした。

「ハッピーエンドにしたいの？　あなたろくな作家じゃないわね。この世界にそんなものはないのよ。私、絶対にロバートを許せないもの」

彼女の目に涙が光ったが、それは一瞬で、すぐにまばたきで消えた。

「まあ、そうね……今、セラピストにかかってるんだけど」深く息を吸った。「もう、前に進むべきだと言われたし、そう思うわ。こだわるのをやめなきゃ。だから今日、ここに来たのよ。人生の一ページを閉じるために。そのためにも、あなたに対してあやまっておく必要があったから」

　彼女は、終止符を打ちに来たのだ。

　よくわかる。当然だろう。だが、タラが本当に許したい相手は僕ではない。ロバートなのだ。今となっては、生き残っている相手しか選択肢がなかっただけで。

　できるかぎり接触を最小限にとどめながら、僕らはハグをかわした。きっとこれが、彼女や子供たちと会う最後になるのだろう。

「どうしているのか、知らせてくれよ」

　僕はそううながす。

　タラは微笑して、曖昧な返事をした。もう彼女にとって僕の存在は、閉じてしまいたい本の中にいる脇役にすぎないのだ。

　子供たちをひきつれて、タラは本屋から出ていく。ふと足をとめると、彼女は鼻の頭にしわをよせた。

「ねえ、アドリアン。どこかにネズミがいるんじゃないの？　このお店、臭うわよ」


　昼すぎ、アンガスが早上がりしてもいいかとたずねてきた。

　あれだけ静かな存在なのに、それでもアンガスが帰った後の店は不気味なほどがらんとして感じられた。ギイッ、カサッ、とどこかで音がするたび、こわごわと振り返ってしまう。

二回、電話がかかってきた。二回とも取った途端に切れた。

三時頃になると、僕はニッシン・ヌードルのスチロールのカップに湯を注ぎ、遅めの昼食を取った。店もまた混雑してきて、クロードが電話してきた時には、僕は一九六〇年代のペーパーバックが詰まった箱二つ分の合計金額を必死で計算中で、時代と共に積もりつもった埃でくしゃみがとまらなかった。

『今話せる?』

クロードが高圧的にたずねてくる。

「できない。後でかけ直すよ」

『いいから聞いて。あいつをどこで見たのか思い出したんだから!』

「誰をどこで見たって?」

計算を続けながら、僕は受話器を肩と頬の間に何とかはさもうとした。クロードが何か、野卑なフランス語らしきものを早口に呟き、最後に『——クソ野郎!』と吐き捨てる。

「僕のことか?」

『違うって。あのクソ野郎、リアーガンだか何だかって名前のあいつのことよ。あいつはとんだオカマ野郎さ。根っからのホモだよ。あいつは——』

受話器が肩からすべり落ちた。計算結果もわからなくなる。すべった手が、合計のかわりにクリアのボタンを叩いてしまっていた。

「一体何を言ってるんだ？」

『あいつを見たのよ、お嬢ちゃん《シェリ》。昨夜《ゆうべ》、〝ボール&チェイン〟でね！』

「ボール&チェイン？」

『勘弁して《モーブリュ》よ、あんたがどんだけ淋しい生活を送ってるか忘れてたわ。ボール&チェインはSMクラブだよ』

「なんだって《ケスクセ》？」

『聞こえたでしょ《ヴマヴェザンタンデュ》、ベイベ。レザーの衣装に身を包んだ男たちの世界。手錠と鎖のめくるめく世界よ』

ロバートが遊んでたような……手錠と鎖？

「……潜入捜査かなにかだったかもしれないじゃないか」

『違うって！　見覚えがあるって言ったでしょ？　あいつを何度もあの店で見かけてたのよ！　クラブの会員だよ。ご主人様《マスター》の一人！』

「マ……」

言葉を口にすることすらできなかった。勿論、想像なんか不可能だ。リオーダン刑事がSMの黒革のコスチュームを着ているところを想像しようとしただけで頭が沸騰しかかった。レザーのバイカーキャップをかぶったリオーダン。締まったレザーのパンツを履いたリオーダン。

マスターだということは、どこかの誰かがリオーダンから首輪をつけられているということだろうか。首には首輪、体や尻にはリオーダンの手による傷や痣までつけられて？　笑える。馬鹿らしい。

だがその時、別のイメージが脳裏に割りこんできた。リオーダンのがっしりした胸板とそこを覆う金色の胸毛、筋肉が浮き上がった二の腕、金色の茂みから雄々しく勃ち上がった屹立。跪けと命じるリオーダンの声。彼の指に髪をつかまれて、その熱に向かって顔を引き寄せられていく——。

笑いが、喉元で凍りついた。

クロードはまだ興奮しながら『あのデカの尻尾をつかんでやった』と得意げにまくしたてていた。僕はそれをさえぎる。

「クロード、ちょっと待てって。それは本当にたしかなのか？」

『たしかよ、当たり前でしょ！　見覚えがあるって言ったじゃないの。あいつは信用ならないとも！　わあお、これで一発大逆転じゃない！』

「何が逆転するんだ？」

『何もかもよ。これをあいつの顔につきつけてやるのさ。例のリアーガンに、自由時間に何をして遊んでいるのかサツのお仲間に知られたくなければ私から手を引け！ってね』

「イカれてんのか？」

　カウンターの前に立って、シャム猫ココシリーズの山を抱えている女性の表情が目に入った。僕は背を向けて、声をひそめる。

「どうかしてるよ。警官を脅迫するなんて！」

『たーだの警官じゃなくってよお』クロードは気取った調子で喉を鳴らした。『ミスター・男を縛り上げてぶったたいてからケツにつっこんでる・リアーガン刑事さんだよ』

　思わず目をとじて、落ちつこうとした。いや単に、クロードが絶望的な未来へ向けて走っていこうとするのを見たくなかったからかもしれない。

「はっきり言うぞ。逮捕されたいのか？　もし本当にそれがリオーダンだったとしても、彼は取引に応じたりはしないぞ。むしろ、今以上に標的にされるだけだ。何かいい口実を見つけて頭をふっとばされても知らないからな」

『やってみなきゃわからないさ』

　なんて馬鹿なことを考えているのか、まったく信じられなかった。リオーダンはおとなしく恐喝されるがままになるような男ではない。僕にだってわかることだ。たしかに脅迫するだけのネタはあるようだが、それでも無理だ。

「クロード、頭を冷やせって！　リオーダンがもし本気でお前がロバート殺しの犯人だと思ったら――」

『私《モワ》が？』クロードが金切り声を上げた。『あいつはどうなのよ！　あいつの方こそ私なんかよりずっと怪しいじゃないの！』

「何の話だ？」

『ロバートはあのSMクラブによく行ってたもの！　もしかしたらクラブであいつにも会ってたかも』

ロバートにはたしかに性的に倒錯したところもあった——倒錯を楽しんでもいた——が、SMまで足をつっこんでいたとは。初耳だ。ロバートが下僕になって縛られたり調教されている姿はまったく想像できないし、それどころか、下僕を演じるルールの半分でも覚えていられたら上出来だろうに。少しでも正気の人間なら、ロバートを自分のご主人様にするような真似は決してしないだろうし。

「馬鹿なことを！」

『馬鹿はあんただよ！　どうしてあの野郎をかばおうとするのさ！』

「かばってなんかない」

手早く、僕はシャム猫ココシリーズ三冊とクリスティの『アクロイド殺し』の合計額を書きなぐり、客からその代金を受け取って、感謝のしるしにうなずいてみせた。彼女は本をひっつかみ、怒った様子で大股に出ていった。

『かばってるじゃないの』クロードはしつこかった。『ええ、かばってる。あんたは気があるのよ、あの——あの——』

うまいフランス語をひねり出せなかったらしい。結局、吐き捨てるように言った。

『ウドの大木に！』

「クロード、一度ぐらいちゃんと頭を使って考えろ！」

『あんたこそどうなのよ。そのお口をあの野郎に使いたくてうずうずしてるんでしょ？』

「その話はもういいから！」

ツー、ツー、とダイヤルトーンが耳に響いた。言ってやりたい言葉を歯をくいしばって噛み殺し、僕は受話器を戻した。

顔を上げて、ぎょっとする。

誰かが店に入ってきた音は聞こえなかったが、だがカウンターの向こう側に立っていたのは、記者のブルース・グリーンだった。

7

「やあ」彼は挨拶した。「コーヒーをおごらせてくれないか？」

「今はちょっとまずいんだ」

僕はそう答えた。

その声の中にある冷たさを感じたのかどうか、グリーンの表情は変わらなかった。

「トラブルかな?」電話に向けて顎をしゃくる。「少し聞こえてしまってね。また警察が何か言ってきた?」

「違う。いいか、ボーイタイムズに電話したが、そこでブルース・グリーンなんて記者は知らないと言われたんだよ」

グリーンは僕を見つめて、気恥ずかしそうな顔になった。演技だとしたら大したものだ、記者なんかさせておくのは勿体ない。骨張った顔にゆっくりと赤みがさしていく。

「ああ……本当のことを言うと、俺はボーイタイムズで働いているわけじゃないんだ。フリーランスで、あそこでも仕事をしたことがある」

「へえ、そうか」

背を向けようとした僕の腕を、グリーンがぐいとつかんだ。乱暴にではなかったが、動きをとめるだけの力はこもっていた。僕はその彼の手をじっと見下ろす。指は強靭で長く、その背にまばらに毛が生えている。爪は丁寧にととのえられて磨かれていた。シャツの袖口は輝かんばかりに白く、しみひとつない。

だがその手を見ながら、頭の中に浮かぶのは、この手なら男をひとり滅多刺しにして殺すのも、死体をゴミ回収箱に放りこむのも簡単だっただろうということばかりだ。僕の頭はすっかり事件に取り憑かれている。

「編集長のケリー・アブラハムと話したかい？　それとも、受付と電話で話しただけ？」

グリーンの目は真摯で、暗かった。僕は肩を揺らす。

「何人かと話した。名前までは覚えてないよ」

彼が微笑した。目を引く顔立ちではないのだが、笑顔は驚くほど魅力的だった。

「俺の署名記事を見せようか？」声がからかうような響きを帯びる。「よかったら、ついでにうちに来てコーヒーでも飲んでかないか」

思わず笑みを返していたが、疑いが払拭されたわけではなかった。マスコミはただでさえ信用ならない。たとえゲイの記者だろうと。

「いいや。遠慮しとく」

「なあ、これでも本気なんだよ」グリーンが誘ってきた。「コーヒーでも飲みながら説明したい。チャンスをくれないか」

彼はちらっと腕時計に目を落とした。

「いや、どうせなら一杯飲む方がいいかな。ここから何ブロックかのところにいいパブがあるよ。きっと気に入る。居心地がいいし、くつろげる。二人で話をしよう」

彼の手はもう離れていたが、そのぬくもりはまだ僕の肌に残っていた。たしかに人恋しい気分だった——たとえその誰かが記者であってもかまわないほど。それとももっと単純に、目の前のこの男に惹かれているのだろうか。あまりにも長いこと浮いた話に無縁でいたせいで、自分でも自分の心の動きが感じとれなくなっていた。

パブの名前は、ドク&ドリス。店内はスコットランド風にまとめられていた。赤と黒のタータンチェックのカーペット、古びて黒ずんだ梁、たしかに居心地よく包みこんでくるような大きなレザーブース、部屋の奥の暖炉で燃え上がった炎。

僕はドランブイを、グリーン――「ブルースと呼んでくれ」と言われたのだった――はロブロイを注文した。

ブルースが、グラスをカツンと当てて乾杯した。

「災難から偉大な友情が生まれることもある」と彼がローマ時代の劇作家テレンティウスの言葉を引く。

「乾杯」

ブルースは大きくあおると、グラスを置いて肘をつき、身をのり出した。

「実は君に白状しなければならないことがあるんだ」

「ほかにも?」

彼は僕の目を見つめた。

「嘘はついていないよ、アドリアン。君についての記事をボーイタイムズに書きたいと思ったのは本当だ。君はあまり乗り気じゃないかもしれないが、俺としては、ゲイコミュニティに対して何らかの責任を果たす必要があると思っている。警察がゲイの男性に濡《ぬ》れ衣《ぎぬ》をかぶせようとしたのはこれが最初じゃないんだ。それに、記事が出れば君の書店のいい宣伝にもなっただろうしね」

「それは説得のつもりかな?」

睫毛の下で、ブルースの視線がちらっと揺れた。長い睫毛だった。

「いや、記事のことはもういいんだ。何だかんだで警察から目をつけられているゲイはほかにもいるしね。それに」と彼は人好きのする笑顔になった。「基本的に、俺は一般人のプライバシーを大切にする主義なんだよ」

主義はそうでも、記者の現実なんかあやしいものだ。僕は答えた。

「僕には、記事にできそうなことは何もないよ、ブルース」

「どうかな」

彼は酒を一口飲む。

「気を悪くしないでほしいんだが、君についてはとことん調べさせてもらった。警察の知っているようなことは俺も全部知っている」

「大した中身はないだろ、秘密もないし。僕の人生なんて本にもならないよ。本屋にはなったけど」

僕はドランブイのグラスを手の中で揺らしながら、炎に光る琥珀色を見つめた。まるで吸いこまれるように、心がしんと、おだやかになっていく。

「どうだか。見てみようか。君は三十二歳、乙女座の独身だ。子供もなし」

彼は間を置いた。僕は黙ったままでいた。

「逮捕歴なし、前科なし。レンタルビデオの滞納記録すらなし。裕福で高学歴の白人、まさに昔ながらのゲイのモデルケースだね」

「これまでの人生で一番最高のほめ言葉だよ」

ブルースは小さく笑った。「いや、俺のようなタイプにはなかなかぐっとくるものがあるよ」

ブルースのようなタイプって、どんなタイプだ。僕は彼をじっくり眺めた。いかにも高い料金を払った丁寧なヘアカット、とことんまで隙なく整えられた服装、マニキュアで手入れされた爪。まとう香りには覚えがあった。デパートの店頭で〝世界で唯一特許取得の香り〟とうたわれていた、フェロモン成分を添加したという香水だ。そして僕の勘違いでなければ、ブルースはしばらく前に鼻を整形している。

細かいところまで行き届いた男。ジャーナリストには向いている気質だろう。

「君の父親は亡くなっている。母親はイギリス人で、英国ロイヤルバレエ団のバレリーナだった。再婚はせず。ママの謎だね。君は、知的ではあるが食う足しにはならない文学の学位を取ってスタンフォード大を卒業。だが、食うために働く必要はない」

「ないように見えるか？」

　ブルースは注意深く僕を観察した。

「父方からオレンジの果樹園と馬の牧場を受け継いでいるだろう。クレジットカードの信用記録を見ても、ああ、必要ないと思うね」

　磨き上げられたカフスの位置を指先で直す。

「現在は一人暮らしだ。前のルームメイト、メル・デイヴィスが出ていってからはずっと。デイヴィスはバークレーに引越して映画学を教えている」

　この〝クラーク・ケント〟は、たしかに事前の予習をしっかりすませてきたらしい。正直、あまり気持ちのいいものではなかった。

「どうだい、何か間違ってるところは？」

　僕はうわべだけの笑みをブルースに向けた。

「大したもんだ、感心したよ」

　ブルースがじっと見つめ返してくる。

「いや――腹を立ててるだろ。何でだ？」傷ついた表情だった。「さっきも言ったが、もう君の記事を書くつもりはないんだよ。今の話はオフレコだ。俺と、君の間だけの」

　僕はグラスを空にした。ブルースは尊大な手つきでウェイトレスに合図を送る。彼女が離れていくと、ブルースが静かに言った。

「君が嫌なことをしたり言ったりするつもりはない。雰囲気を壊したくはないんだ」

ほとんど喉元まで「どこのどんな雰囲気？」と返しかかったが、ブルースは本気でそう思っているように見えたので、僕は肩をすくめた。

「わかったよ」

一瞬置いてから、ブルースは視線を落とした。気まずそうに、

「俺は先走りすぎてるかな？　何と言うか、君との間には……特別なつながりを感じるんだ。初めて会った時に感じたよ。あの葬式の日に。君は？」

僕は口を開けたが、うまい返しが出てこなかったので、結局はそのまま口をとじた。ブルースが空のグラスの中で氷を鳴らす。

「こんなふうに感じたのは、もう随分と久しぶりなんだよ」

「うれしいね」

それだけではないが。ぼんやりと、警戒心も生じてきていた。

僕にとっても、誰かとこんな雰囲気になるのは久々のことだった。五年前、メルが学者たちのいる象牙の塔に旅立って去っていった時以来だ。悲しいかな、この半年以上デートすらしていない。

「でも〝あなたとはお友達でいたいの〟？」

「そうでもないけど」

その返事に、ブルースが笑い出した。一瞬おいて僕も笑う。

「そもそも、まだ会ったばかりだしね」

とブルースも同意した。


僕は誰かに興味を持つと、相手がどんな本を読んでいるのか知りたくなる。物書きは皆そうだろう。

ブルースはノンフィクションばかり読むと言った。大半が自叙伝や評伝など、人の人生を書いたもの。今はオーデンの伝記を読んでいるところで、読み終わったら貸そうかと申し出てくれた。

果たして僕らの間にある溝を埋めることは可能だろうか。僕は、いつもミステリを読んでいる。仕事、趣味、その両方として。中でもレスリー・フォードの作品が大好きだった。レスリー・フォードはゼニス・ジョーンズ・ブラウンが持っていた多くの筆名のひとつで、一九三〇年代から五〇年代にかけてその名で数多くのミステリを世に送り出してきた。フォードの『レイサム夫人シリーズ』は、いつ読んでも引きこまれる、僕のとっておきの本だった。

ロバートにとって、どういうわけか、それはひどく癇にさわることだったらしい。ゲイでもなければ男性でもない、異性愛者の女性作家が僕のお気に入りだということが。

（ただの女性でもただのヘテロセクシャルでもない、アドリアン。金持ちで白人の共和党支持の女なんだぞ！）

（共和党？　何の関係があるんだ）

（俺の言っている意味がわかるだろう——）

いや、わからなかった。もう近頃では、わかることの方が少なかった。

ロバート自身のお気に入りのミステリ作家はマイケル・ナーヴァだったが、きっとゲイの作家なら誰でもよかったんだろう。僕のレスリー・フォード好きは、ロバートにはゲイに対する裏切りとしてうつっていたのだろうか。ロバートは長年、幸せな家族の中でいい息子や夫を演じつづけ、自分の性癖を押し殺してきた。その結果、芝居をやめた時にはもう彼の中はすっかりすり切れて、何も残っていなかったのかもしれない。妥協も、忍耐も、何ひとつ。

ロバートは攻撃的な、主張するゲイだった。

（俺たちは戦争の真っ只中にいるんだ、アドリアン。連中は俺たちを包囲して苦しめている……）

その夜、ベッドにもぐりこんだ僕はレスリー・フォードの『死の日』をぱらぱらめくりながら、ロバートのことを思い出していた。

広いベッドのからっぽの半分を眺め、溜息をつく。ペーパーバックを横にそっと——経年劣化で黄ばんだページが脆くなっているので――置き、後頭部で手を組んで、またロバートに思いをはせた。

リオーダンにもチャンにもクロードにも、ほかの誰に対しても、ロバートと僕はただの友人だったと言ってきた。だがそれは完全なる真実というわけではなかった。

嘘でもないが。思春期の二人の若者が、好奇心から手を出した性的な行為――もどかしい飢えや衝動につき動かされたあれを、恋や愛とは呼べないだろう。何という名で呼ぶかはともかく、僕ら二人の間には過去があったし、様々な思い出を分け合ってきた。大人になって、二人ともまったく理解しあえないほどに遠くなってしまったが、それも過去の思い出を変えはしない。

人には、他人のことなど永遠に理解できない。それもロバートの持論だった。

（くだらない、ロバート。そんなのは人によるだろ）

（いいや、無理だね。人間は相手の表層しか見ない。そうであってほしいという勝手な幻想を見てるだけだ。本当の姿なんか見る気もないのさ）

それも僕とロバートの間を、何光年も隔てていた溝のひとつ。だがロバートは、人間不信に陥るような経験をくぐり抜けてこなければならなかったのかもしれなかった。

――タラは本当に、ロバートがゲイだと一度も疑わなかったのだろうか？

タラについて、思い出してみようとした。実のところあまりよく知らないのだ。彼女の存在は、高校生のロバートのそばにくっついている付属品のようなものでしかなかった。たとえばロバートの乗っていたダットサンB210型や、彼がいつも身につけていた、年齢詐称の偽の身分証と同じように。タラはいつもロバートのそばにいて、ロバートの背景に溶けこんでいた——高校の年度アルバムにあった写真のように。

あの時代を振り返ってみると、どれほど僕とロバートが無謀で無分別——そして無神経で残酷——にふるまっていたのかは、ぞっとするほどだった。気付いてなかった、そう言ったタラの言葉は真実なのだろうか？　ロバートと結婚するまで、いや離婚するまで、ロバートがゲイだと疑ったことすらなかったと彼女は言った。

殺人事件がおこると、まず被害者の妻や夫、あるいは元妻や元夫が殺人の容疑者になるのは根拠のないことではない。だがロバートの事件の場合、タラが力ずくでロバートを殺すのは無理だろう。めった刺しにして、元夫の体を担ぎ上げ、ゴミ回収箱に放りこむなど。大体、犯行の時には彼女はアイオワにいた。

勿論、共犯者がいた可能性は残る。タラの相手を想像してみた——筋骨たくましい、よくいるタイプの男。ゴミの出し方も心得ているような、そんな男が過去のゴミも片付けてくれたのだろうか。軽んじられた女の怒りは地獄の業火より恐ろしいとは言うが、人を殺すほどだろうか？　過去を一掃して出直そうとでも？

だがそうなると、タラはロバートとの復縁を望むふりをしながら、共犯者の男とも関係を持っていたことになる。

そこまであくどい女か？　そこまで頭の回る女か？

電気を消して、僕は毛布の中にもぐりこんだ。

昔の恋人というのも、現実でも小説でもありがちな容疑者候補だ。ロバートが傷つけた相手は数知れない。中でもクロード。だがいかにクロードが傷つき、ロバートを憎んでいたとしても、クロードが殺したとは思えない。大体、クロードはロバートへの敵意を隠そうともしていなかったのだ――犯人なら少しは隠そうとするものだろう？　クロードの体格なら充分犯行は可能だし、若い頃に前科があるというのも多少引っかかるが、それでも僕は警察のようにクロードを疑う気にはなれなかった。

疑いたくないだけだろうか。いや、クロードが、暴力にたよっていた日々からはもう卒業したとどこか深いところで感じとっているからかもしれない。どれだけ血なまぐさいポエムを書いていようが、クロードがロバートを刺し殺したとは思えなかった。たしかにクロードのプライドは傷つけられただろうが、そんなもののために人など殺すわけがない。口汚くののしったり感情的になることはあっても、クロードは根が優しいのだ。リオーダンが首をつっこんでくるまで、僕はクロードについて悪い噂を聞いたこともなければ誰かがクロードに暴力をふるわれた――言葉の暴力も含めて――なんて話を聞いたこともない。

いつもクロードは、僕やほかの友達の世話を焼いてくれた。物惜しみせず、寛容だった。昔の恋人の力になってやったり、ＨＩＶ感染者のためのボランティアグループに無料で食事を提供したり。優しい心の琴線に何かがふれるたび、あちこちに寄付をして回っていた。

殺しそのものもだが、クロードが殺人計画を練っているところも想像できない。チェスの駒が残されていたところから見ても、ロバートの殺害は衝動にまかせたものではなく、計画的な犯行だった筈だ。

あの夜のクロードのアリバイはどうなのだろうか。警察がまだ嗅ぎ回っている以上、僕と同じく曖昧なアリバイしかないのだろう。僕と違ってクロードは夜遊びもマメだし、アリバイを裏付けてくれる証人ぐらい簡単に見つかりそうなものだが。

クロードは嫉妬深い——一度、ロバートはそう愚痴っていた。だがロバートにとって、彼の放蕩三昧の日々を心よく応援してくれない相手は誰だろうと独占欲の塊でしかなかったのだ。チェスの駒だって、クロードに関係あるとは思えない。クロードには、キャスリングとコレステロールの区別もつかないだろう。

僕は鼻を鳴らすと、起き上がって枕の形を整えた。やはりロバートが会いにいった謎の相手が怪しい。ロバートの部屋にあった薔薇の花束の贈り主。僕をレストランに残して立ち去った後、ロバートが会う筈だった男。

最近のロバートの様子を思い返してみる。手がかりになるようなことを何か言っていなかったか？　漏れ聞こえてきた電話の会話の内容に、何かなかっただろうか？

だが情けないことに、最近の僕はロバートの半端な仕事ぶりやいい加減な態度に腹を立ててばかりで、彼に対してろくな注意を払っていなかったのだった。どれほど非難のまなざしを向けてもロバートはどこ吹く風で、ほがらかで、それがまた僕を苛立たせたものだった。

再会したばかりの頃のロバートはまた僕と関係を持ちたそうなそぶりを見せていたのに、あの様子からすると、やはり近頃はつき合っている相手がいたのだろう。

ロマンス絡みの殺人だったのか、それとも単なる不運や、別の理由で殺されたのか？　命にかかわるような深刻なトラブルに巻きこまれていたなら、果たしてロバートは僕に打ち明けてくれただろうか。正直、自信がなかった。ロバートは僕に対して、段々と距離を置くようになっていた。

まるで口うるさいババアみたいになってきたな、と、彼は言ったものだ。エイズが蔓延する時代における乱交の危険性について、僕が忠告した時だった。

（ＨＩＶの感染者のうち九割は、自分が感染している自覚がないんだぞ、ロバート！）

（自分だけ潔癖症になってりゃいいさ、アドリアン）

金にひどく困っていたことも、ロバートは僕に打ち明けてくれなかった。そのことはクロードの口から知ったのだが、クロードはてっきり僕が知っているものだと思いこんでいた。

たしかに店から金は消えたが、あんな八十ドル程度の小金でロバートの財政危機が救えたわけもない。なら、あいつは何のために八十ドルをくすねた？

誰かをデートに誘うため。それが、一番ありそうな答えに思えた。デートして、夕食をおごるための八十ドル。

結局また、謎のお相手に話が戻るわけだ。

金をくすねるぐらいなら、どうして金を貸してくれとたのんでこなかったのか――。

それはお前の小言を聞き飽きてたからだよ、アドリアン。

自分の問いに、僕は自分で答えた。結局のところ、あの夜もロバートは小言を聞かされる羽目になったが。ロバートと僕の最後の思い出。僕が彼を「泥棒」「嘘つき」と糾弾し、ロバートが「くそったれ」とわめき返した――まさに、一生の思い出にふさわしい輝かしき一瞬。

ふうっと溜息が出た。

僕は寝返りを打つ。壁に映ったレースのカーテンの影模様を眺め、窓に打ち付ける雨音に耳を傾けた。数年前のエルニーニョ以来、一番雨の多い冬だと人々は口々に言っていた。

雨垂れの音を聞きながら、恋しい相手とベッドに寝そべっていられた日々がなつかしい。誰かに恋していたことすらなつかしかった。失われた日々だ。

だがまあ、それなりに補いようはある。僕は横向きに転がると、ひんやりしたシーツに頬をうずめ、右手を脚の間にのばした。ソロ・セックス。最高に安上がりで、安全なデート。

目をとじるとロバートの顔が浮かんできたが、それを追いやった。リオーダンのことを思い浮かべる。あの大きな手が僕のものを包み、上下にしごき上げ、強く握りこみ……もっと強く。

先端からすぐに滴がにじみ、指の動きをなめらかにする。

まずい。違う。ブルースのことを考えようとした。そう、この方がいい。この方が利口だ。

あの男は、危険すぎる……。


火曜の午後、セント・マーティン出版から届いていた本をアンガスと二人で仕分けしていると、アンガスが数冊の『犯罪の現場』の間にはさまれていたカードに目をとめた。

「店長にかと思います……」

大きくて四角いそれを手渡してくる。その時初めて、アンガスが両小指の爪を五センチほどの長さにまでのばしているのに気がついた。小指の爪にどういう意味があるのか、どこかで読んだことがあるようなないような。バンドのリードギター？　黒魔術師？　ちょっとしたコカインの中毒症状のひとつ？

「ありがとう」

グリーティングカードを入れる、よくある封筒だった。開けると、中に〝お悔《シンパシー》やみ〟のカードが入っていた。カードの表には、真紅の薔薇と、祈りの形に組んだ両手が描かれている。

カードを開ける手が、あやうく震えそうだった。だがよくあるカードだ。僕自身、似たようなカードをロバートの父親に送った。

カリグラフィで描かれた黒いお悔やみの言葉の下に、手書きのメッセージが添えられていた。

我らの行いは我らが天使――
善も悪も

「いつからここにあった？」

たずねたが、アンガスはすでに興味を失った様子で肩を揺らしただけだった。

「この本は、いつからここに積んであったんだ？」

「土曜日から……」

吐息のような答えがあった。

僕は、黒い手書きの文字をひたと凝視した。

この文章には、なんとなく覚えがある。詩の一文じゃなかっただろうか？　シェイクスピアではない――『殺しの幕引き』を書く時に随分と調べたからこれでもシェイクスピアならよく知っている。フランシス・ベーコンの詩か？　それともクリストファー・マーロウ？

この間の花束のカードに書かれていたのは、どんな文章だったか。たしか、物事は時間通りにおこるとかなんとか……。

カードをたたんで、封筒に戻す。顔を上げると、アンガスがどこか得体の知れない表情で僕を観察していた。

アンガスには、ここにカードを入れるチャンスがあった。それを自分で発見したふりをするのも簡単だろう。

タラも、僕が二階へ子供たちのコーラを取りに上がっている間、このカウンターのそばに立っていた。リオーダンも土曜にこの店を訪れた。いや昨日のブルースにだって、カードをすべりこませる機会はあった。それを言うなら何十人という客がこのカウンターの前に、本の山のそばに立ったのだ。何も顔見知りである必要はない。

この間のカードは、手がかりになればとリオーダンに渡したままだった。調べてくれているかどうかは、あやしいものだが。

アンガスに後の仕事をまかせると、僕はオフィスに入ってチャン刑事から渡されていた名刺の番号に電話をかけた。ハリウッドエリアの殺人捜査班へと回されたが、チャンもリオーダンも留守だったので、伝言を残す。

電話を切ってからも、机の上の時計をとんとんと名刺の角で叩きながら、座ってぼんやり考えこんでいた。

そう言えば、クロードから何も連絡がない。昨日の言い争い以来、音沙汰なしだ。彼らしくなかった。

それにしても、と考える。こうして店に直接カードが置かれた以上、前の花束も花屋の配送ミスではなかったのだろう。不気味なメッセージつきの薔薇は、僕に送りつけられたものだったのだ。

たしかに、とさらに考える。タラは正しい。ネズミをどうにかしなければ。店の中に異様な臭気が漂い、特にこのオフィスでは鼻を刺すような悪臭がした。

色々な考えが浮かんだが、どれも何を意味するのかさっぱりわからない。ただ、どれひとつとして気にくわなかった。

8

ロバートの死から一週間も経つと、事件の記事は新聞の二面からも消え、デパートと靴屋の広告の間の小さなスペースに押しこまれていた。捜査は鋭意進行中である、という警察のコメントが載っている。

火曜の夜には、またライティンググループ〝共犯同盟〟の集まりがあった。主な話題は相変わらずロバートの殺人事件。というか、その捜査についてだった。どうやら全員、チャンとリオーダンの訪問を受けたらしい。皆、その経験に軽いときめきを覚えているようには見えたが、僕はそれでも全員の様子をじっと窺わずにはいられなかった。誰か、不自然なほど熱心にしゃべっている人物はいないか、あるいは奇妙に黙りこんでいる人物は——？

八時になった。それがすぎても、クロードの影も形も現れなかった。グラニアが持ってきた小石——当人はグラノーラクッキーだと言い張っていたが——を全員に配ったが、歯が大事だと見えて誰も手をつけていないようだ。何リットルものコーヒーのお代わりの後、やっと話題がロバートから離れはじめた。

「犯罪ものじゃないが、俺が今まで見た中で一番ひどかったのはロバート・スタックのやった〝ブワナの悪魔〟だね」

マックスが話題を提供する。テッドが話に乗った。

「俺も見たよ。前の日曜だな。ジーンが帰ってくるのを待って起きてたんで」

「私、日曜は家にいたじゃない」ジーンが即座に口をはさむ。

「先週の日曜のことだよ、シュガーパイ」

そう、この夫婦は互いを「シュガーパイ」「ハニーパン」と呼び交わすのだ。砂糖やら蜂蜜やらと呼び合って一体何がおもしろいのか、僕には理解できない。

「でもやっぱり日曜は家にいたわよ。夜出かけてたのは土曜のことで」とジーンはなおも反論した。「仕事場の女の子と一緒に映画を見にいったの」と、皆にもわかるようにつけくわえる。

おっと、ここで世界で最も陳腐なアリバイ——「映画を見ていた」が来たか。果たしてジーンが姿をくらましていたのは日曜の夜か、土曜の夜か？　どうでもいいのだが、ジーンにとってゆずれないことだというのが気になる――後で先週のＴＶガイドを見て〝ブワナの悪魔〟の放送曜日をチェックするだけの価値はありそうだ。

ひどい話だ。僕は本気で、このか弱いジーンが日曜の夜にロバートを惨殺したのではないかと考えているのか？　動機やほかの要素を何ひとつ考慮せず、ただ日曜に出かけていたかもしれないというだけで？　大体、ジーンにどんな動機があるというのだ。ロバートとしゃべっているところすら、ほとんど見た記憶がない。

「本当だよな」とマックスが、ジーンのアリバイに関する夫婦の意見不一致を気にする様子もなく続けた。「クライマックスでイケてたのは、ライオンの群れがあの現地の子供を食ってるところだ。白人のハンターの妻がライオンに向かってなんて叫んだと思う？　〝ケダモノ！〟だとよ」

「あの映画は実際にあった事件に基づいているのよ」

そうジーンがマックスに教えた。マックスの笑い声を切り捨てるように、グラニアが割って入る。

「このままクロードが来るまで一晩中待つつもり？」

今夜のグラニアは黒のカシミアのセーターにワークパンツ姿で、唇は派手な赤でくっきりとふちどられていた。小説家の集いの参加者というより、ミリタリークッキングスクールの主催者という風情だ。

　マックスの笑いがぴたりと途絶え、彼はじろりとグラニアを見た。グラニアが続ける。

「遅れるなんて失礼よ。今夜はフィンチ夫妻の番なんだもの。クロードの何だったか、あのラ・殺人事件とかのために集まってるわけじゃない」

「人に気配りができるアタクシ、ってわけかい？」

　グラニアはぱっと紅潮させ、猛々しく頭をそらせた。

　これは、あれか。気になった女の子のおさげをひっぱる、というやつの大人版を見せられているわけか。

「まあ、じゃあ始めようか」

　と、僕はドアに最後の視線を投げてから、グラニアに同意した。

　マックスがにやにやしながら、すくい上げた最後のクッキーを口の中に押しこんだ。バリバリと響いているのが、彼の歯の詰め物が砕ける音でなければいいのだが。

　ジーンが自分たちの作品のコピーを配りながら、切り出す。

「あのね、私たち、第二章を書き直したのよ」

　うんざりした呻き声が上がった。僕の声だったかもしれない。そうでないと思いたいが、自信がなかった。

　ジーンが後ろめたそうに、

「だって、クロードの指摘も一理あると思って……ほら登場の場面とか、レインコートにとび散った血のこととか。それにたしかに、最高の訓練を叩きこまれたパントマイム役者でもさすがに殺される時には悲鳴を上げたんじゃないかというのも――」

「それで、そのクロードはどこにいるんだ？」

マックスが遮り、長テーブルのはじに足をのせた。テッドがムッとした様子で、

「どうでもいいだろう。ジーンの話の途中だぞ」

「おっと、すまんねジーン」

ジーンはマックスにもコピーを手渡した。それから夫婦で「あなたが先に」「いや君からどうぞ」とお決まりの儀式をひとしきりくり広げ、最終的にジーンがシェラトンチェアにぼすんと腰を据えた。

「今夜はジーンが朗読する」

テッドがそう宣言し、妻に満面の笑みを送った。グラニアが、忍耐力の最後の一滴を振り絞ったような溜息をこぼす。

ジーンが朗読を始めた。僕は上の空でページを追いながら、頭の中ではクロードの不在の理由をあれこれ思い浮かべていた。まだ腹を立てているのだろうか？　クロードの留守電に二回メッセージを残したが、日曜日の言い争い以来クロードからの連絡は途絶えたままだった。彼らしくない。機嫌を損ねても、数時間すれば元に戻るタイプなのに。

ジーンは、実に落ちつく声をしていた。子供を絵本で寝かしつけるのにはぴったりだ。

心ここにあらずのまま、僕は余白に適当なメモを取った。ロバートは、自分のアパートの横の路地で殺されていた。どうしてだ？　どうして部屋の中ではなく、路地で殺された？　犯人は、ロバートが部屋につれこむような相手ではなかったということだろうか。

ロバートはあの夜、誰かに会いにレストランを出た。だがその後、一人でレストランに戻ってきた。そして、僕を探して書店まで来ることもせず、家に帰って、路地で誰かに殺されたのだ。犯人はどうやってロバートを路地に誘いこんだ？

全員がページをめくった。僕もそれにならった。

仮に、僕がロバートを殺そうとしていたとしよう。どこか人目のつかない場所でロバートを殺すとして、どうやっておびき出すだろうか。夜中にロバートの部屋の扉を叩いて、「さっきは会えなくてごめん、車がイカれちゃってさ。今もそこの路地でエンストだよ」とかなんとか言うか。

そしてロバートは——物を深く考えたり用心したりするタイプではなかった彼は、会えたことだけで喜んで、車を動かす手伝いを申し出て、二人で一緒に路地に向かっただろうか。

いったん路地に入れば、ロバートを片付け、返り血を浴びた姿のまま車に乗って走り去ればいい。誰にも見とがめられずにすんだだろう。ロバートは不意を突かれてろくな反撃もできなかった筈だし、さらに用心深いことにこの犯人は路地裏を選んだ。隣室から呻き声や争う音が聞こえればさすがに通報されるかもしれないが、浮浪者や酔っ払いがうろつく路地での騒ぎには誰も注意を払わない。

ちらっと顔を上げると、マックスがグラニアを熱烈なまなざしで見つめているのが目に入った。僕の視線に気がついたマックスは冷たくにらみ返すと、手にした原稿のコピーを見下ろした。グラニアは髪にさしていた鉛筆を取り、段落らしきものに線を引きはじめた。

「アヴェリーは警視の問いに、目を細めて考えこんだ」ジーンが朗読した。「一体いかなる理由から、パントマイム役者は殺されねばならなかったのであろうか？」

「ほんっと教えてほしいわよ」グラニアが口の中で呟いた。

マックスが笑いを噛み殺した。


会合が終わってメンバーたちが去ると、不安がこみ上げてきて、じっとしていられなくなった。店内をぐるりと巡回し、思いつく限りの侵入経路の鍵をたしかめて回る。それから僕は二階へ上がり、部屋から部屋へとうろうろ歩き回った。

パソコンを立ち上げ、ログインしたが、自分の脳の回転がスクリーンセーバー以下になっているのに気付いてログオフした。〝海の征服者〟のビデオをプレーヤーにセットし、キッチンに向かって、食洗機に皿を詰めこみはじめる。

とにかく忙しくしていたかった。そうやって何も考えないようにしていれば、睡眠薬なしで眠れる程度には気分が落ちつくかもしれない。沈黙と孤独を、食洗機の騒音とテレビ画面に映し出されたスペインの海洋冒険譚が埋めていく。タイロン・パワーとモーリン・オハラが昔ながらの、まだ頭にサッシュを巻いていた時代の海賊たちを演じている。キザな格好のワルは大好物だ。

僕はリビングの床に体をのばすと、深い呼吸を吸って鍛練を始めた。体の骨にふれる床板の感触、固さ、角度に集中し、感覚を高めていく。背骨のあちこちにこわばりを感じた。よくない。そろそろ体にくる年齢になったか。

呻きながら立ち上がると、太極拳《タイ・チー》のルーチンを一通りこなしていく。南の風を受け、東の風を受ける。よせては返す、流れに身をまかせて……。

本当に、しばらくやると気分がぐっと上向いてきた。さっきよりもはるかに心がおだやかだ。動くたびにどこかきしむような感じは解消されていた——肉体のきしみも、精神のきしみも。

さらに難しい動きへと移行していく。竜に挑むポーズ。獅子に挑むポーズ。ついでに、警官に挑むポーズ。

太極拳を始めたのは大学時代のことで、これは心の安定を保ってくれる——僕にとっては生まれつき苦手な分野だ——だけでなく、結果的に体の柔軟性やバランス感覚、全身の調和なども高めてくれた。勿論、太極拳が誰にでも向いているというわけではない。あのリオーダン刑事が汗まみれでパンチングバッグを叩きのめしたりランニングマシーンで走ったりするかわりに〝翼をたたむ鳥〟のポーズを取っている姿など、想像もできない。

三十分を費やした後、僕はバスルームに向かった。シャワーを浴びて出てきた時、留守番電話のランプが点滅しているのに気付く。あまりにも気が散っていたせいで、いつからついていたのか思い出せなかった。メッセージを再生したが、クロードからではない。

電話に入っていたのはブルース・グリーンの声だった。この間の印象とは打って変わって、ひどくはにかむような口調だ。

『やあ、アドリアン。ブルースだ。ただ……一緒に、ディナーでもどうかなと思って。電話してくれ』

受話器を一度持ち上げたが、僕はゆっくりとそれを戻した。電話をするにはもう時間が遅い。それに……もう、孤独でいることにあまりに慣れきっていた。時おりうずく淋しさを別にすれば、独り身の生活は穴の中でくつろぐモグラのように快適で、安全きわまりない。やっとのことで手に入れたこの平穏を、本気で捨てられるだろうか？

メルが去った後の、長く、痛みに満ちた日々が頭をよぎった。

僕はキッチンにのろのろと入っていくと、オバルチンを牛乳に溶かし、作った麦芽飲料を手にリビングへ戻った。ソファに肘掛けに足をのせ、映画の後半を眺める。何とはなしに、タラが置いていった高校の年度アルバムをめくりはじめた。

タラの言葉通り、ロバートはあらゆるクラブ活動に首をつっこんでいた。テニス部の写真の最前列左側にもその姿がある。ロバートの横には僕がしゃがみこみ、今はもう思い出せない彼のジョークに笑っているところだった。たしか、この撮影の数週間後、僕は発病したのだ。

また別の写真には、新聞部のロバートの姿。見慣れたニヤニヤ笑いから、丁度ロバートがうまいジョークをとばしたところなのだとわかった。周囲の生徒たちも笑っている。ページをめくると、ホームカミングの時のロバートが、あの年のクイーンのブリタニー・グリーンウォールにつき従っている写真があった。皆、何と若かったことだろう。彼女はチーズマカロニみたいな匂いがした、と後でロバートは言っていたものだった。

二年生のプロムパーティには、僕は入院していて出られなかった。だがこうして見ていると段々と記憶がよみがえってくる。そう言えば、夏休みの直前に何か事件がおこらなかったか?

たしかあれは……。

目次に戻ると、指でクラブと課外活動のリストをなぞって確認した。誰でも参加できるクラブだった筈だ。コーラス、文芸創作——思えばどうして、僕は文芸部に入っていなかったものだろう。きっとロバートにつられて別の方向に流されたに違いない。

しまった、行きすぎた。見落としたようだ。また指でCの項目をたどり直す。あった。

チェスクラブ。

そのページを開くと、チェス盤のように白黒の、ノスタルジックな写真が目に入った。未来のチェスマスターを目指す五人の学生たちの姿が写っている。ロバート・ハーシー、アンドリュー・チン、グラント・ランディス、リチャード・コーデイ、フェリス・バーンズ。そして、写真なしで名前だけ――アドリアン・イングリッシュ。

長い間、僕はただそこに座り、茫然と写真を見つめていた。首すじで、トクン、トクンと奇妙な鼓動が脈を打っている。

チェスクラブ。一体どうして忘れていた？

だが、ロバートの殺人に、はるか昔の高校時代の出来事が絡んでいるなんてことがありえるだろうか。

だが――それでも。ロバートだけでなく、チェスクラブのメンバーだったリチャード・コーデイも死んでいる。殺人と投身自殺。二つの無残な死。偶然だろうか？　そうは思えない。ロバートの死体はチェスの駒を握らされていたのだ。

チェスクラブの誰かが、負けを根に持ってほかの部員をつけ狙っている姿を思い描いてみた。時間差攻撃もいいところだろう、僕らが高校を卒業してからもう十五年近くになるのに。僕は記憶を刺激しようとでもいうように額をさすった。あまりに遠い日々のように思える。仲間のことより、試合のことの方がまだ思い出せるくらいだ。

そう――そうだ、試合。何かそこで揉め事のようなものがあった筈だ。僕が入院して寝ついていた間に、何かがおこった。おしゃべりなロバートでさえ、それについては口をつぐむような何かが――。

　路地で缶が転がる音がけたたましく響き、僕ははっと起き上がった。アルバムを勢いよく閉じて、ベッドルームへ向かう。

　窓にかかったレースのカーテンを押しやり、路地を見下ろした。向かいの壁際に置かれたゴミ回収箱の蓋が月光に浮かび上がっているだけで、何もかも闇に沈んでいた。隣のタイ料理レストランの裏口脇に積まれた缶の山がやっと見てとれる程度だ。あの空缶は僕らの争いの種だった。正直、ほんの数歩先にゴミ回収箱があるのに、どうして悪臭漂う空缶を自分たちの（そして僕の！）裏口に積んでおくのか理解できない。空缶に残った食べ物のかすが野良犬や猫、しまいには浮浪者まで引き寄せているというのに。

　動くものは何もなく、段々気が抜けてきた。だが、その時またガシャンと金属同士がぶつかって、ゴミ箱の蓋が歩道に落ちる音が甲高く響いた。何か、丸くて光るものが転がって、ぱたんと倒れる。小さな月のように。

　闇の中から、影がゆらりと立ち上がった。僕は息で曇る窓ガラスを拭って凝視する。路地裏の人影が、一歩下がって、こちらを見上げた。

　その顔はマスクで覆われていた。ニヤついた、笑顔の骸骨《スカル》マスク。

　手で窓枠を握りしめた。心臓が激しく震え出し、ショート寸前の、踊るようなリズムを刻んでいる。廊下からの光を背にして、僕の姿は窓辺にくっきり浮かび上がって見えるに違いなかった。まるでレースのカーテンを盾にするかのように、僕は後ろへ下がる。

もう一度見下ろした。

僕の恐怖などかまう様子もなく、スカルマスクの人影はこちらへ手を振っていた。不気味すぎる。死の象徴からの、親しげなご挨拶。

茫然と立ち尽くしているうちに、闇をまとった怪物はくるりと身を翻し、亡霊らしからぬ生き生きとした動きで路地を駆けていった。

やっと、頭のスイッチが入った。僕はあわててベッドをのりこえると、電話をつかんで警察に通報した。それからベッドに横たわり、パトロールの車の到着を待ちながら、どうにか鼓動を整えようとする。

くそっ。

落ちつけ。

リラックス、リラックス――。

気分が落ちついてくると、僕はサイドテーブルからメモをつかんでチェスクラブの残りのメンバーの名前を書きなぐった。

アンドリュー・チン
グラント・ランディス

フェリス・バーンズ
そして、僕自身。

フェリスのことならよく覚えていた。やたらと落ちつきがあったし、高校生の女の子にしては人並み外れた向上心を持っていた。たしか医学部に進学したんじゃなかったか。もう結婚していておかしくないが、仕事上は旧姓のままという可能性はある。医師会のリストを見れば彼女が見つかるかもしれない。

アンドリュー・チンやグラント・ランディスについては、ほとんど何も思い出せなかった。チンの方がチェスは強く、ランディスは僕らの中でもかなり弱い方だったように思う。僕がチェスクラブに所属していた期間は短いもので、記憶に残ることは何もなかった。そもそもチェスクラブの存在自体が、短くて記憶に残らないものだったのだ。

だがロバートとチェスをつなぐ鍵は、チェスクラブしか思いつかない。死んだラスティが同じチェスクラブに所属していたというのも、その裏付けに思えてならなかった。

やっとパトロールカーが到着した。制服警官が僕から事情を聞きとると、裏路地を歩き回って誰もいない角や段ボール箱の周囲をフラッシュライトで照らした。野良猫が隠れ場所からとび出してどこかへすっとんでいった。光の輪がコンクリートの壁をなめるように横切る。

警察はあくまでこの〝迷惑行為〟を子供のいたずらだと考えたがっているようだった。それでも一応、巡回パトロールに戻る前にあたりを一周しておくとは言ってくれた。

彼らの車が走り去ると、あたりはしんと静まり返った。並木道のはしからはしまで、あたり一帯の店はすべて暗く、ひそやかに眠っている。店の中では古い骨組みが時おりきしみ、パキパキと音を立てながら眠りに落ちる準備をしていた。建物だけでなく、僕の体の骨組みも同じようなていたらくだった。

僕は部屋の中をうろうろと歩き回りながら、クロードに電話をかけてみた。相変わらず出ない。彼の店まで車で行ってみることも考えた——一人でいたくはなかったし——が、あの路地に自分一人で出ていく勇気はなかった。

結局、僕はもう一杯オバルチンを作るとソファに丸くなり、映画のビデオをもう一度巻き戻した。


翌朝、ここのところ店に漂っていた謎の臭いはついに強い腐敗臭になっていた。

「何かが死んでるみたいな臭いだ……」

アンガスがぼそぼそ呟く。

どうしてその言葉を聞くまで思いつきもしなかったのか、自分でもわからない。僕は飲みかけのコーヒーを叩きつけるように置くと、オフィスに駆けこみ、メタルシェルフから箱を下ろして、棚の荷物を次々と引っぱり出しはじめた。

「どうかしました？」

アンガスがオフィスの入口からたずねる。

「これを下ろすのを手伝ってくれ」

彼は用心深くがらくたの間を抜けてくると、壊れた錠前つきの古いトランクを下ろす手を貸してくれた。

凄まじい腐敗臭が拡がっていく。

「何だこれ……」アンガスがか細く呻いた。「アリが、うじゃうじゃと……」

手のひらの汗をデニムになすりつけ、僕を見つめる。眼鏡の丸レンズごしに見る彼の目はひどく巨大だった。

僕はトランクの蓋を開けた。

中には死んだ猫と、凄まじいほど大量のアリが入っていた。

トランクを閉める。

アンガスが横を駆け抜けていった。すぐそこのトイレから彼の嘔吐の音が聞こえてくる。僕はぼうっとしていたのだろう、ふと気づくとアンガスの立てる音を聞きながらただそこに突っ立って、口元を手で覆うようにさすっているだけだった。我に返って、警察に通報する。いい加減番号も覚えた。

パトロールカーの到着に続いて、ほどなくチャンとリオーダンも姿を見せた。

「誰かに随分と嫌われたようですな、ミスター・イングリッシュ」

制服警官の一人がそう言いながら、ここ二十四時間で二回目となる僕の被害報告を記入した手帳を閉じた。チャンとリオーダンにうなずいて挨拶しながら、彼らは出ていく。

「何があった？」とリオーダンがたずねた。

「僕のオフィスにあったトランクの中に、誰かが死んだ猫を放りこんでくれたのさ」

リオーダンとチャンが目配せを交わした。チャンがたずねてくる。

「誰が？」

「誰が、だって？　聞かなきゃならないのか？　誰がやったか知ってるわけないだろう。どうせ黒い花とお悔やみのカードを送りつけてきたのと同じ奴だよ。店に侵入した上、昨夜はそこの路地をうろついていた奴だ！」

「話が読めないな」

と、リオーダンがチャンに顔を向けた。チャンは煙草に手をのばしたが、思い直した様子でガムを求めてポケットを探りはじめた。リオーダンに返事をする。

「誰もが最初から正直になってくれれば、俺たちの仕事はもっと楽になるんだがね」

僕の口から不信に凝り固まった笑いがこぼれた。

「僕が何か隠してるって言うのか？　こっちは被害者だ。ストーカー被害を受けてるんだ」

「おっと、聞き捨てならないな」

リオーダンが反応する。実のところ僕自身、ぼんやりとした疑いしかないままその言葉を口にしたのだが、今さら引き下がれるものではなかった。

「誰かが僕をストーキングしてるんだよ」

「誰があなたをストーキングしていると思うんですか、ミスター・イングリッシュ？」

チャンがガムの包み紙を剥がしながら、丁寧にたずねた。

「ロバートを殺した犯人だ」

たたずむ二人の刑事の後ろで、アンガスが青白い顔をして右往左往していた。

「二階で話そう。見せたいものもある」

刑事たちは黙ったまま、僕について二階へのぼった。背後でうんざりと目配せしあっている二人の顔が見えるようだ。

自分のフラットに入ると、僕は彼らに高校の年度アルバムを見せた。ロバートが死ぬ寸前、タラにたのんでわざわざこれを送らせていたということも伝える。チェスクラブのページを開き、ラスティことリチャード・コーデイの写真を指した。彼がホテルの窓から転落死したことを話す。

「彼の死も、もしかしたら今回の事件に関係しているのかもしれない。ラスティは自殺じゃなかったのかも」

「リチャード・コーディは誰かに殺害されたという意味ですか？」

チャンはあくまで中立的な態度を崩さない。

「はっきり言い切れるかどうかは自分でもわからない。だがありえないことじゃないだろ？」

「事件の報告書を見ないとはっきりしたことは言えない」

リオーダンが答えた。そのリオーダンの方向へ、チャンが驚いた視線をとばす。

「ミスター・イングリッシュ」チャンは用心深く言いながら、まだ目のはしでリオーダンのことを見ていた。「高校時代のチェスクラブのメンバーを殺していく、どのような動機が存在すると思われますか？」

「全然わからない。僕はチェスクラブにも短い間しか在籍してなかったし。でも、もしかしたら生き残りのメンバーの誰かが理由を知っているかもしれない」

「生き残りのメンバー？　ほかのメンバーにも命の危険があると考えているんですか？」

「え？　いや、そうじゃないけど、二人も死んだんだ、偶然にしちゃできすぎてるだろ」

僕はちらりとリオーダンを見た。彼は僕のリビングが気になるのか、あちこち見回している最中だった。一体何がそんなにおもしろいのやら——そんなことより、こっちの話にもっと注意を向けてもらいたいものだ。

「いいえ、現実はそうでもないんですよ、ミスター・イングリッシュ」チャンが答えた。「卒業して十年後の同窓会の頃には、どこのクラスやクラブにも死人、それも自殺や殺人の被害者がいてもおかしくはない。それが統計というものです」

「へえ、そうか。じゃあこれは何なんだ？」

僕は店に置かれていたお悔やみのカードを、やっといつもの様子に戻ってきたリオーダンにつきつけた。

彼はちらりと僕を見てから、カードを手にして、中を読んだ。チャンに手渡しながら言う。

「安物だな」

僕はそのカードをチャンからひったくったが、そのせいで少し折れてしまった。

「どうせただのイカれたジョークだと思ってるんだろ？　こっちにとっちゃ命のかかった問題なんだ。ロバートは殺されてるんだぞ！」

「そうカッカするな」リオーダンがぼそっと呟いた。カードをまた僕の手から取り上げる。「今のところ殺すって脅かされたわけじゃないんだろ」

「お悔やみのカード、葬儀用の黒い花、これでもそう思うか？　他人の住居に侵入して動物の死骸を置いていくのは法律違反だよな？　店に押し入って店内を荒らすのもたしか法律で禁止されてる。どう見ても店を荒らしたのと死んだ猫を置いてった犯人は同じ――」

「たしかに、それは業務妨害になります」

チャンがそう同意した。

「業務妨害！」

声がウィーン少年合唱団のように甲高くはね上がり、部屋中に響き渡った。リオーダンの眉もつられたようにひょいと上がる。

チャンが切々と、

「ミスター・イングリッシュ、ここはひとつ我々の視点からも見てもらえませんか」

「ああ、そうか！」僕は凍りついた。「警察はまだ僕がこんなことをやらかすと考えてるんだな？疑いをそらすために――つまり、あれだ、陽動作戦だと？」

チャンがなめらかに口をはさんだ。

「鋭い分析です、ミスター・イングリッシュ。あなたの本がもうすぐ出版されるでしょう。その本の中では、男が昔からの友人を刺し殺す、そうですね？」

僕は一度、いや二度またたいた。この刑事たちは本気で僕を調べたようだ。おそらくライティンググループのメンバーに事情を聞いて回った時、僕の出版のことも聞きこんだのだろう。ロバートがほとんど顔を出さなかったライティンググループのことまで調べにきたということが、捜査の方向をはっきり指し示している。警察は、僕かクロードが犯人だと考えているに違いない。

「正確に言うと、古い友人を誰が刺し殺したのか捜し出す男の話だよ。素人探偵が主人公の」

「ホモセクシュアルのな」

いちいちつけ加えたのはリオーダンだった。かすり傷なんかなめときゃ治る、というミスター・タフガイの風情をかもし出している。きっとベッドのシーツは男らしい投げ縄と獰猛な熊のパターンかなんかで、TVガイドの筋トレ番組に赤丸チェックをつけているに違いない。

「人の性的指向《セクシュアリティ》に何か文句がおありで、刑事さん？」

リオーダンの目の奥を、暗いものがよぎった。これ以上は刺激しないようにした方が身のためかもしれない。

僕はふとたずねた。

「ロバートの死体の身元確認は誰がした？」

「彼の妻だ」

「タラ？　ＬＡに来て？」

「彼女は事件の日、ＬＡにいた」リオーダンが答えた。「二人はよりを戻そうとしていたようだ」

僕の口はぽかんと開いたままになっていたのだろう。見ればわかるだろうに、チャンがわざわざ聞いてきた。

「ご存知なかったんですか？」

「……知らなかったよ」

リオーダンはまだ手にしたままのカードのふちを、親指でなぞった。楽しげにたずねる。

「では、あの未亡人がロバート・ハーシーの百万ドルの生命保険の受取人だという事実は知ってたか？」

「タ、タラが――？」舌がもつれた。「彼女が受取人だったのか？」

「知らなかったようだな」

リオーダンは僕を見つめて歪んだ笑みを浮かべた。チャンが警告を付け加える。

「これは口外不可ですよ、ミスター・イングリッシュ」

ああ、知らなかったよ――と、頭の中で呟く。罠を仕掛けられていたのか。

「命が狙われてるというのも勘違いかもしれないな、イングリッシュ？」

嫌みったらしく、リオーダンがゆっくりと言った。

僕は怒りで顔が紅潮していくのを感じる。

「どうせ花屋のことは調べてもないんだろ？」

リオーダンはふうっと息を吐き出した。

「調べた。お前に送られた花束は、バルボアにあるコンロイという花屋から来たもんだ。支払いは現金で、どんな客だったか店員も覚えていない。忙しい店でな」

「それで？　それだけか？　記憶にないかどうか誰かの写真を見せるとか――」

「誰の写真を？」リオーダンがぴしゃりとはねつける。突然の怒りだった。「ああ、実際、お前の写真を見せたよ。誰もお前を覚えてはいなかった」

チャンがガムを膨らませた。ぱちんとはじける。

「ハーシーに届いていた薔薇の花束も、同じ花屋からのものです。一ダースの薔薇、現金払い。あなたに届いた方は豪華なアレンジメントブーケですよ、イングリッシュ」

「そりゃありがたい。趣味のいいストーカーとはね」

リオーダンが口をはさんだ。

「ロバートには、カードが届いた様子はなかったか？」

「わからない。ロバートは何も言ってなかった」

「それなら彼は何を言っていた？　落ちつきがなかったり、心配事がある様子はなかったか？」

「なかった」

「ではロバートの方は身の危険を感じてはいなかったし、ストーキングもされていなかったんだな？」

僕はただ、二人を見つめていた。

リオーダンがうなずく。「また連絡する」

9

まともな服が一枚も見つからなかった。

ここ数日、非常事態に追われて洗濯を後回しにしてきた結果、僕はアイロンをかければなんとかとりつくろえそうな服を求めて洗濯物のカゴをあさっていた。ロバートの死からこっち、すっかり日常生活がとまっていたことに気がつく。まるで一発の銃弾で撃ち抜かれた後、こだまを待って立ち尽くしているかのように。

新作の執筆にも一週間以上手をつけていない。プロットの糸などすでに頭の中で結び目だらけになっていそうで、原稿を見るのも怖い。しかも何だって、次の作品のモチーフをシェイクスピアの『タイタス・アンドロニカス』にしたのだろう。あの劇は大嫌いなのに。

返事をしていない留守電のメッセージが山ほど溜まっていた。ミステリ系のメーリングリストからも、パソコンがフリーズしそうなくらい大量のメールが届いている。

その上、人生にはさらなる苦難が必要だとでもいうのか、ジーンとテッドがこの半年間検討を続けてきた書店のニュースレター発行について、ついに僕を追いこもうとしていた。何とか断ろうとしても僕の弱々しい言い訳など歯が立たず、結局は二人の家へエサ、いやディナーでおびき出されてしまったのだった。

「わかってるのよ、アドリアン」数時間前、招待の電話をかけてきたジーンは言ったものだ。「どうせコーヒーとインスタントライスで飢えをしのいでるんでしょ？」

神がこの世にインスタント食品をもたらしたのだ。その恩恵を受けて何を恥じることがある。

「ジーン、僕はこれでもゲイなんだぜ。無能なヘテロセクシュアルの男と一緒にしてもらいたくないね」

そう言ってはみたが、ジーンに笑いとばされただけだった。女性作家はあまり得意ではないが、彼女となら気楽に話せる。

友人が夕食に招待してくれた以上、きれいなシャツを探し出すのは義務であり急務だった。

結局僕は、白いTシャツの上に黒いブレザーをはおり、黒いジーンズ——まるでリゾート地の観光客のように見えるし、歩きづらいほどスリムなので履くのをやめていたもの——に落ちついた。

「あらあらあら、素敵じゃないの」

四十五分後、テッドにつれられてキッチンへ入ってきた僕を見て、ジーンは陽気にさえずった。

テッドが僕の手の中に赤ワインのグラスを押しつける。

「心臓にいいんだ」

そう言って、彼は肩で僕の肩をこづいた。

テッドとジーン夫妻のことは好きだ——本心から。だが残念ながら、それだけでは埋められない溝もこの世には存在するのだ。

夫妻の書きかけの小説『死のパントマイム』に出てくる主人公、アヴェリー・オックスフォードはゲイだった。三十二歳、独り身、黒髪、青い目。服の趣味も僕そっくりで、ズボンの下に履いているパンツのメーカーまで一緒だ。いや本当に、ジーンは面と向かって僕に聞いてきたものである——「ゲイの男の人ってボクサー派、ブリーフ派？」と。僕がライティンググループの集まりで何か発言するたび、ジーンははっと顔を上げて聞き入り、一言一句聞き漏らさず、小説の材料をたくわえようとするのだ。

いつの日か、まかり間違って彼らの小説が出版されるようなことがあれば、アヴェリー・オックスフォードがアメリカのゲイのステレオタイプのような顔をしてのさばる日がやってくるかもしれない。実に怖い。

「大丈夫？　どうしてるの？」

ジーンがコンロの火を消しながらたずねてきた。

「どうにかしてるよ」

そう答え、僕はワインを一口飲む。おや、予想外に口当たりなめらかなメルロー。

テッドが大皿を運んでくると、ジーンが串刺しのポークチョップを鍋から出して盛付けに入る。二人の連携作業はよどみなく、なめらかだった。これほど似合いの、まるで一つの魂を分け合ったような夫婦を、僕はほかに知らない。まるで双子のようにそっくりな見た目のせいで余計にその印象が際立っていた。

「ほんと、なんて悲しいこと」

皿を持ったテッドが颯爽と僕を通りすぎてリビングの向こうに運んでいく間、ジーンが呟いた。

「ロバートはあんなに活動的に、人生を楽しんでいたのに。本当に……生き生きとした人だった」

「ああ」

僕はワインのグラスを半分干した。一晩ぐらい、ロバートのことを考えることなくすごせないものだろうか。

「そう言えば、警察のことでは迷惑をかけたね。色々聞かれたろ」

ジーンが笑い声を立てた。「いいのよ、あれはいい参考になったわ。本当に捜査中の刑事を観察できるなんて」

「どんな質問をされたんだい？」

ジーンは冷蔵庫に向かう。どこか曖昧に言った。

「ああ、ほら。どうせあなたも聞かれたのと同じような質問よ」

「警察はクロードのことを聞いてたよ」と、テッドがリビングから教えてくれた。ダイニングテーブルの上の蝋燭に火をつけているところだ。

「何のこと？　ああ」ジーンは冷蔵庫からサラダの皿を出した。「そうね、クロードのこと。彼、激しい性格だものね。たまに驚くようなことも言うけど――わかってるわ、クロードにはハエも殺せないわよ。でも知らない人にとっては、クロードは暴力的な性格に見えたかもしれないわね」

「何か手伝おうか？」

ジーンは微笑して、首を振り、テッドの発言を待って耳を傾けた。何もないとわかると、彼女は夫に声をかけた。

「ねえあなた、私と同じこと考えてる？」

「マックスかい？」

「まさにそれよ！」

「マックスが何だって？」と僕は口をはさんだ。

ジーンはダイニングに行くよう、片手で僕を払う仕種をする。右手にサラダボウルをウェイトレスのように器用に持っていた。

「遠慮しないで、アドリアン。好きなところに座ってちょうだいね」

僕は、ダイニングの続きの食事室《アルコーブ》に腰を下ろした。壁のひとつは本棚で覆われていた――上等な本棚のすみずみまで、小説を書くハウツー本がぎっしりと詰めこまれている。

いわゆるウェストウッドの古風な建物の部屋は、地元のイケアと山ほどのコーラルピンクのペンキの威力で、快適、かつ実用的に作りかえられていた。ジーンは至るところの角にサボテンの鉢を据えてメキシカンスタイルとやらを気取っている。テーブルにサラダを運んできたジーンをよけようとして、僕はあやうくサボテンのひとつにつっかかるところだった。

「君はどう思う、アドリアン？」

テッドが、腰を下ろす僕に質問を向けてきた。

「何について？」

僕はアプリコット色のナプキンを広げる。

「マックスの同性愛嫌悪《ホモフォビア》についてさ。彼がロバートを殺した可能性は考えたか？」

ロバートの事件もこの仮説も、二人にとっては知的なパズルにすぎないのだろう。いささかぞっとする。ゲイだからというだけで誰かに殺意を抱かれる可能性も怖いが、それを言い出すこの二人の頭の中も怖い。

「マックスはホモフォビアなのか？」

「どう見てもそうじゃない」ジーンは反論の余地を残さず言いきった。軽い足取りでキッチンへ消えていく。「マックスはロバートを嫌ってたわ。憎んでた」

「まあ」テッドがとりなすように続けた。「嫌悪症、というのはきつすぎる言い方かもしれないな。マックスは君を嫌ってはいないからねえ。アドリアン」

「あなたが救いようもなく道を踏み外していると思ってるだけで」とジーンが親切につけ足す。

ディナーに来たのは失敗だったかもしれない。今さら後悔していた。

「食べてないじゃないか」

テッドがそう言いながら、ポークチョップの皿をこっちに押しやった。

ジーンはマッシュポテトのボウルを僕らの前に置き、頭上のライトをつけた。人なつっこい小鳥のように首をひょいひょいとかしげる。

「新聞の記事を読んだ感じだと、ロバートは憎悪殺人《ヘイトクライム》の犠牲になったみたいじゃない？」

「殺人は常に憎悪から生じるものだよ」

「あら、そうとは限らないわ。邪魔者を片付けるために殺すこともあるもの」

「おおう！　君はなんて冷酷な女なんだ」

テッドは妻をはやしたてながら、僕のワイングラスにお代わりを注いだ。

僕はぐいっとワインを飲み、グラスを下ろした。「それで、警察は僕についてどんなことを聞いてた？」

ジーンがまたすっとんでいって、頭上のライトの光量を落とした。キャンドルの落とす陰鬱な光と影の下、夫婦は二卵性双生児のように見えた。

二人で、刑事の真似をして口を揃える。

「〝彼がロバートを殺したかもしれないと思いますか？〟」

それから顔を合わせ、そろって陽気にけらけらと笑い出した。僕は口を開くが、ジーンの方が早かった。

「勿論、あなたがやってないのはわかってるわよ」

「何を根拠に？」

「あなたは——だって、そういうタイプじゃないもの。何ていうか、あまりにも理性的よ」

「逆に怪しくないか？　ミステリの中じゃそういうタイプが一番危ないだろう。一見ありえなさそうに見えるタイプが要注意なんだ」

「あれは小説よ、アドリアン」

子供に説明するように、ジーンに優しくさとされた。

「多くの英国ミステリは——」テッドが割って入る。「ああ、たしかに古典ミステリの黄金時代では、キザで知ったかぶりの奴がいつも犯人だったな。俺が思うに、連中の半分はゲイだよ。どうでもいいが」少し黙って、もぐもぐと口を動かし、飲みこんだ。「どうでもいいさ。どうせ、ここがおかしいんだ」

彼は言葉を強調するために、自分の胸の上を叩いた。

心がおかしいわけじゃない——向きが違うだけだ。そう言いたかったが、僕は黙っていた。「キザで知ったかぶりの」犯人が「おそらくゲイ」だという先入観に満ちたテッドの言葉は、その後もしばらく気持ちの奥でちくちくしていた。

ポークチョップから脂身を切り離している時、ジーンの注意深い視線に気づく。目が合うと、彼女は微笑んだ。間違いない、次の小説でアヴェリー・オックスフォードはヨーロッパ風のフォーク使いを見せるに違いない。いつか彼が殺される日が楽しみでならなかったが、この夫婦は第三章までを行ったり来たりしているだけで話が一向に進みやしない。

「聞いてもよければだが、ほかに警察はどんなことを知りたがってた？」

そうたずねると、ジーンとテッドは無言で視線を交わした。

ジーンが、いかにも何気なく話し出す。

「あら、わかるでしょ。警察はクロードとあなたについて聞いてきたわ。二人がつき合ってたんじゃないかとか、あなたがお金に困ってないかとか。それと、あなたが……ほら、その、誰かとデートしてないかとか。私たち、マックスのことを警察に話したわ」

一瞬、僕とマックスがデートしていると言い出したのかと思った。ジーンが言いたいのはマックスのホモフォビアのことだろう。こんな調子で、一体何を警察に話してくれたものやら。

「あまり興味を持った様子ではなかったがね」テッドが総括する。「視野が狭い連中だよ」

「私たち、あなたにはとても殺人なんか無理だって警察に言ったのよ」ジーンがまた僕を安心させようとしてくれた。「クロードならまだわかるけど。調理油について彼に反論しようものなら叩き殺されちゃうわよ」

「クロードがロバートを殺したとは思ってなかったんじゃないのか？」

ジーンは驚いた顔で僕を見た。

「ええ、まあ。でも人間って本当のところはわからないものよ、アドリアン」


フィンチ家を後にしたのは、もう夜も更けてからだった。

コーヒー何杯かに加えて、ワインをボトル半分飲んでいる。僕はいつもよりも慎重にウェストウッド地区を運転していた。いつものごとく道は大学生たちでにぎわい、店のドアは開け放たれて通りは明るく、映画館に並ぶ人の列が曲がり角の向こうにまで長くのびていた。カーラジオからはサラ・マクラクランが〝謎に包まれて〟を歌っている。謎か。酔った脳には、曲が何かを暗示しているように思えてならなかった。

小さく口ずさみながら、赤信号で停まった。フリンジジャケットを着た二人の娘が腕を絡ませ合って歩道を歩いている。いい眺めだ。もしかしたら本当に時代は変わりつつあるのかもしれない。僕はハンドルを指先で叩いてリズムを取り、映画館の入口に溜まった人混みをちらりと眺めた。

もう一度、まじまじと見つめ直した。

ホラー映画の列に並んでいるのは、まさにリオーダン刑事その人だった。間違いなく、あの男だ。一九〇センチ、高値で肉屋に卸せそうないい筋肉がついた体にレザーのボンバージャケットをはおっている。リオーダンは赤毛の女性の体に腕を回し、笑顔で彼女を見下ろしていた。二人の姿が、流れる人波にさえぎられては、また現れる。カーラジオから流れる音楽のせいで、まるで目にしているのがミュージックビデオのワンシーンのような気がした。

偶然ではない——はっきりと、そう感じた。これを見る運命だったのだと。強く考えていた相手が目の前に現れた時の、まるで意志の力で相手を呼びよせてしまったような、あの感覚があった。

信号が青に変わる。後ろの車がクラクションを鳴らした。僕は車を出したが、リオーダンの姿が見えなくなるまで視線はバックミラーに釘付けだった。

驚いた——あの刑事にも人並みの私生活があったということだ。まったく、クロードがゲイだのSMクラブだの騒いでいたのが馬鹿らしい。

それとも——。

今の彼女がフェイクだったら？

いや、どうだろうとかまわないのだが、ただクロードの仮説によればリオーダンとロバートにはSMクラブという接点があったことになっているし、その点がどうなのかは僕だって気になる。

それだけだ。それ以上の興味などない。

リオーダンは大体、かけらも僕の好みのタイプではないのだし。おまけに鞭だのお仕置きだのその手のオモチャがついてくるとなれば、完全に論外だ。他人に跪いたり支配されたいという欲求は――もっと切迫した執着となると尚更――僕にはまったく理解できない。非難するつもりはまったくないが、関わりたくはない。

――それでも。

それでも、リオーダンの強靭さや尊大さ、力強い存在感には、どうしてか心が揺さぶられる。簡単なスペルも書き間違えるような男かもしれないし、ベッドの中では独りよがりで強引なだけの男かもしれない。自分勝手で、一方的で、その上……野蛮。馬なみ。単純。きっとそうだ。

店に帰ると、部屋の留守番電話にメッセージが入っていた。

『アドリアン？　ブルースだ。君からかけてくれないかと思ったんだが……』沈黙。ブルースが、僕が受話器を取るのではないかと待っている。『……いつでも電話してくれ』

巻き戻して、もう一度そのメッセージを聞いた。ブルースはいい声をしていた。シャワーの中で歌うタイプだろうか。いいか悪いかわからないが。朝型か、夜型か？　そもそもどっちが僕の好みだっただろう。

僕は服を脱ぎ、白いボクサーブリーフ姿でソファに寝ころんで腹に電話機をのせ、ブルースに電話した。

『やあ、やあ。よくかけてくれたね』

ブルースは温かい声で僕を歓迎する。気持ちがやわらかくなった。誰かが自分を待っていてくれるのはうれしいものだ。

ブルースも帰ってきたばかりで、ただ二人で話をしたがった。なかなかいい雰囲気で会話がはずんだ。沈黙が落ちてぎこちなくなることもない。二人で、明日のディナーの約束をした。

翌日、木曜日の午前中は、電話帳の〝チン〟の列を指でたどってアンドリュー・チンを探すのに費やした。何回も電話をかけるうちに「同窓会のニュースレターを出すので」といういい加減な口実も口からすらすら出てくるようになったが、肝心の、チェスクラブにいたアンドリュー・チンの居場所をつきとめることはできなかった。いまだに州内に住んでいるのかどうかすらわからない。

まあ、それも自業自得というものだ。十五年間、高校の同窓会の招待状を無視しつづけてきた報いはこんな形で来る。


『ダーリン、あなた警察に追われてるの?』

午後、電話を取るなり、受話器の向こうで母の声がそう詰問した。

「いや、普段以上には。何で?」

『どうしてかというとね、昨日、二人の刑事さんたちとランチをして――』

「ランチ？　あの連中に食事を出したのか？」

『ええ、だってお昼に来たのよ、ダーリン。目の前に立っていられたらこっちのお食事が喉を通らないじゃない』

「何を食わせた？　いや、気にしなくていい。刑事たちは何を聞いていった？」

『サーモンの稚魚のグリルと、マリア自家製のあの素晴らしいクリームソースをかけたアスパラガスとワイルドライスよ』リサはご機嫌に並べ立てた。『二人とも実にお行儀がよくてね。おおよそは。それで、あなたの友達関係について聞かれたわ。ロバートのことも。ねえロバートはいつゲイになったの、アドリアン？』

乾いた唇を動かして、僕はたずねた。

「ほかに何を聞かれた？」

『あなたの遺産のこと』

「何だって？」

『あなたの財政状況よ。そこから遺産の話になったの。お義母さんのアナと、あの人の無茶苦茶な遺言の話をしたわよ。あの遺産の分け方！　本当にねえ、親愛なる《ディア・リトル》ミスター・グレイセンがどう言おうと、お義母さんはネジが外れていたとしか思えないわ。まだ小さなあなたにあんな大金を残すなんて！』

ずっと待っていた僕は、リサが一息つくところで口をはさんだ。

「リサ、正確にたのむ。警察に、一体何て言ったんだ？」

彼女が切なげに答えた。

『ダーリン、今言ったでしょ。遺産の半分はあなたが二十一歳になった時に受け取って、あの下らないお店に残らず浪費しちゃったって説明しておいたわよ』

「リサ、浪費じゃない。僕はきちんと日々の糧を稼いでる」

額に汗がじわりとにじむのを感じた。

母が立てた音は、上流階級の女性以外であれば〝鼻を鳴らした〟と評されても仕方のないような音だった。

「なあ、一体ほかにあのムカつく刑事どもにどんな話をしたんだ？」

『そんな言い方おやめなさいな、アドリアン。なかなかいい人たちだったわよ。イメージとかなり違ったわね』

彼らも母を見てそう思っただろう。

『そうそう、あの二人にはっきり言っておいたわよ、あなたにつきまとうのはおやめなさいって。医師の専門的見解を教えてやったわ——勿論最初の医者のよ、あのクリーブランドの心臓クリニックのヤブ医者のたわ言じゃなくてね。これできっとあの二人にも、これ以上あなたをわずらわせるようなら私がミスター・グレイセンを彼らに仕掛けてやるつもりだとよくわかったでしょうよ』

「ミスター・グレイセンを彼らに……」

その先を続ける気力がなかった。

母の言う〝親愛なる《ディア・リトル》ミスター・グレイセン〟弁護士は七十の齢《よわい》であり、ゴルフコースをよろめきながら回るのがやっとの御大だ。彼を何にどう仕掛けるというのだ。

「リサ、刑事たちは僕につきまとってるわけじゃないんだ。型通りの捜査をしているだけだよ」

『あなたが何と言おうと関係ないわ、アドリアン。この間ここに来た時のあなたは顔色が悪かったし、緊張しているようだったもの。この際、しばらく家に帰っていらっしゃい』

またこの話か。

「リサ、僕の家はここなんだ。忘れないでくれよ。これでももういい大人なんだし、あまり騒ぎ立てなくていいから」

『騒ぎ立てたりしてないわよ』

ここでまた、別の災厄を思い出して心が痛んだかのように、彼女は切々と続けた。

『チャン捜査官もミステリを書きたがっていること、あなた知ってた？　あの人に、あなたが一体どうやってアイデアを思いつくのか聞かれたのよ。それなのに、アドリアン、私ったら何も知らなくて。あなたが一度も自分の本を読ませてくれなかったから……本当、悲しいわ』

「まだ出版されてないんだって」

僕は必死で考えをめぐらせた。

「なあ、リサ――」

『とにかく何も心配することないのよ』リサが請け負った。『あの二人には、あなたがロバートを殺すような動機なんて何もないってはっきり言っておいたから』

「いずれ遺産の残りを僕が受け取るってことは？　説明してくれたか？」

『あなたが四十になった時の話？　いいえ、関係ないから言ってないわ』

僕は溜息をついた。

「……まあ、いいさ。少なくとも刑務所の中では医療は保証されてるし」

『笑えないわよ』リサがぴしゃりと言った。『趣味が悪い冗談だわ』

「ああ。悪かった」

母はそのまま電話を切った。それが彼女なりの、素敵な捨てゼリフの残し方なのだった。

リサとの電話の結果、僕は一つの結論に至った。早めに別の容疑者を見つけて警察に進呈しない限り、僕には遠からず、オレンジ色の囚人服を着てサン・クエンティン州立刑務所ですごす運命が待っている。オレンジ色は似合わないし、むさくるしい男もタイプではないのに。

チャンとリオーダンの二人にかかれば、すでに僕が財政的に困窮しているという仮説を打ち立てられているに違いない。一般的なアメリカ人は四ヵ月無収入だったら破産して家を失う。それを基準にするなら、僕の財政状況が悪いわけではないが、だがそれでもロバートの死によって「相当額の」生命保険金を受け取ればぐっと金回りが楽になるのはたしかだった。実際の受取人はタラだ。だが、自分が受取人だと信じていた、チャンとリオーダンは僕をそう見なしている筈だ。

金は殺人の動機になりえる。それも強力な動機に。

僕の好きなレスリー・フォードのミステリの中でも、殺人はほとんどいつも金銭的なもつれからおこる。だが、現実の世界ではそれだけではないだろう、金以外の動機だって色々ある。理解できるとは限らないが、新聞にはわけのわからない理由で人が人を殺したという記事が日々踊っているのだ、どんな不可解で理由なき犯行であっても犯人には筋が通っている筈だった。

そんなことばかり考えながら、僕はマックスに会いに出かけた。

マックスはベンチュラ・ブールヴァードの一角に住んでいた。フロントポーチの上には貝殻のウィンドチャイムが吊るされていて、木のゲートの向こうから鼻っ面の白いジャーマンシェパードが僕に吠え立てた。

石段をのぼって、玄関のベルを押す。

ドアを開けたのはグラニア・ジョイスだった。

お互い、鏡をはさんだように仰天の表情で見つめ合った。立ち直ったのは彼女が先で、スクリーンドアを押さえて僕を家の中へ招き入れた。

「マックス！」とグラニアが家の奥へ大声をかける。

「邪魔してごめん——」

「邪魔なんかしてないわよ」

グラニアは銀縁の眼鏡をかけ、上に着たぶかぶかのスウェットの胸には〝パサデナシティカレッジ〟の赤い文字が入っていた。果たして、そのマックスのスウェットをかぶった下に、彼女がちゃんと下着を履いているのかどうかすらわからない。

「二人で色々と執筆のアイデアを出し合ってたのよ」

グラニアはそう言ってウインクし、バスルームへと消えていった。

リビングは、絵に描いたような優雅な独身貴族っぷりだった。アンティークのタイプライターが二台置かれたオークの本棚、ゆったりと快適そうな椅子とソファが二脚ずつ。フェイクの暖炉の上に架けられているのは、アルベルト・バルガスの描いた色っぽい女性のヴィンテージポスター。

すぐに、着古したジーンズにフランネルのシャツの裾を押しこみながら、マックスが姿を現した。

「よっ、アドリアン。どうかしたか？」

「二つだけ」僕は切り出した。「まず第一に、ニュースレターのことは君とグラニアとフィンチ夫妻の四人で切り回してくれ。スポンサーは僕が引き受けるが、できるのはそこまでだ。新しい仕事まで手が回らない。フィンチ夫妻は書評は書きたいが実務をやるのは嫌だと言っている。だから、君かグラニアが編集者をやってくれ」

マックスは考えこみながら胸をぼりぼりとかいた。「グラニア、ねえ」

「二人で腕ずくで決めてもかまわないよ」

まるで僕が冗談でも言ったかのように、マックスは笑った。

「そのグラニアのことだがな。今、二人で共作してるんだ。俺が彼女に男性視点からのアドバイスをしてる」

「へえ、そうなんだ。それで彼女の方は君に何をしてくれてるんだ?」

ついつい、そう返していた。

「文章の構成を教わってる」苦笑いをこぼして、マックスは体重を逆の足に移した。「わかったよ。かまわんさ、俺がニュースレターの編集をやる。楽しみだよ」

「もう一つあるんだ」

心の中では目をとじて鼻をつまみ、思いきって崖から飛び下りた。

「ロバートが死ぬ一、二日前に彼から聞いたんだが、君と何かトラブルになったと言っていた。君との間に、何かが起こって、それを後悔しているとも」

マックスは身じろぎもしなかった。僕を見つめながら、彼はじっと目を細めた。

「へえ?」

「ロバートがどう思ってたのか、君には知らせておくべきだと思ったんだ」

一瞬、マックスは凍りついたようだった。それから鼻でせせら笑う。

「くだらねえ。あいつから何を聞かされたか知らないがな、あのカスは後悔なんかしちゃいなかったさ。あいつはビョーキだった」

「ゲイだから?」

「いや、ビョーキだからビョーキだったってことさ。いいか? 奴が全部あんたに話したわけはない。なあ、あんたたちホモ連中《ファグ》ってのはどうなってんだ? 一体どこがイカれちまってんだ?」

「どこもイカれてるつもりはないけどね」

「ま、意見の相違ってやつだな、悪く思わんでくれよ。ハーシー——あのカス野郎はな、ある晩パブまで俺にくっついてきて、便所でヤリたがったのさ。しつこかったぜ、いくら断ってもきかなくてな」マックスは怒りの笑いをこぼした。「くだらねえ! 本当にカスだったよ、あいつ、俺が乱暴にすればするだけ興奮してきたんだ。その話はしてたか?」

「いいや」

彼はもじゃもじゃの頭を振った。

「思い出すだけでも気色悪いよ。あいつがあの時何て言ったと思う――しかもあの顔――」嫌悪に身震いした。「俺はな、あいつの頭を便器につっこんでやったんだ。そのことは言ってたか？」

　剥き出しの憎悪を目の当たりにして、僕は全身から力が抜けていく気がした。まるで大きな石をひっくり返したら、その下でうねうねと虫の群れがうごめいていたようなものだ。

　一呼吸置いて、マックスに答える。

「……いいや」

「やってやったのさ。そんなにケツの穴が好きならお似合いの場所だと思ってな」

僕の表情に何を見たのかはわからないが、彼は荒々しくつけ足した。

「俺は後悔してないぞ。あの男はまじでイカれてた」

「もしかしたら、ロバートには誰かの助けが必要だとは思わなかったのか？」

思わず、怒りがこみ上げてきていた。

「いいや、誰かがあいつを助けられたとは思わんね」

「ああそうだな。もう、誰の助けも届かない」

僕は苦々しく吐き捨てた。

10

鳴り出した電話の音が、奥のオフィスの静けさを打ち砕いた。

受話器を取り上げると、電話の向こうから囁くような音が聞こえて、てっきり例のストーカーの無言電話だと思った。

「もしもし？」僕は鋭くたずねる。「誰だ！」

『あんたに話があるんだよ』

「クロードか？　一体全体、今までどこにいたんだ？」

『言いたかないけど——ブタ箱にいたのさ』

「ブ、ブタ箱？」舌がもつれかかった。「何で連絡してくれなかったんだ。知らせてくれれば——」

『拘留されてたわけじゃない。事情を聞かれて引きとめられてただけ』

「それを拘留と言うんだろ」

『うるさいな！　とにかく逮捕されてるわけじゃないんだよ、くそっ、アドリアン、話をそらさないでくれ！』もはや、パリっ子気取りのゲイの響きなどかけらも残っていない。クロードの口調は刺々しく怒りに満ちていた。『もう刑務所なんかさらさら御免なんだよ！　誰のためだろうと！』

「逮捕されそうなのか？　どうしてだ？」

『警察は俺がやったと思ってるからさ！　あいつら、カフェ中のナイフを根こそぎ持っていって調べてる。なあ、いいか、金が要るんだ』

「どのくらい必要なんだ？」

『マジな額さ。あんたがかき集められるだけの金が必要だ』

「弁護士にはもう相談したのか？」

『弁護士のための金じゃないんだよ。俺はズラかる』

「ちょっと。ズラかるってどういう意味だ？　今どこにいるんだ？」

『どこだろうといいさ。六時にはいったんカフェに戻るから、そこで』

六時——ブルース。ブルースと六時に待ち合わせている。まずい。あわてて考えをめぐらせた。

「クロード、六時まであと一時間もない。金をかき集めるにももっと時間がいる。まずどこかで会って話さないか？」

『そんな時間はもうないのさ、アドリアン。バーバンク空港から自家用飛行機に乗っけて逃がしてくれる奴の心当たりがあるんだけど、今夜しかないんだ』

心の中ではパニックに陥った自分自身の一部が、「こんなのは夢だ！」と現実を否定しようとしている。それに比べるとずっと落ちついた声で、僕は言った。

「クロード、馬鹿なことをするのはやめろって」

『助けてくれるの、くれないの⁉』

クロードというより、他人と話しているような気がした。怖いぐらいに、いつもの彼ではない。

「勿論助けるよ。でも――」

『よし。六時に店に金を持ってきてくれ。一人で来いよ』

僕は冗談をとばそうとした。

「一人で来いって、よくあるホラー映画の前フリみたいなセリフ――」

ツー、ツー、ツー……。


ブルースに電話したが、留守番電話が応答した。メッセージを残さずに切る。

白いTシャツの上にVネックのセーターを着てカーキのパンツに着替えた時には、もう五時半を回っていた。もう一度ブルースに電話してみる。

カチカチッという連続音と沈黙が続いて、爪でも噛みたい気分でじりじりと待っていると、ブルースが電話口に出た。

僕はためらいがちに切り出す。

「悪い知らせなんだ。今夜の約束だけど、延期させてもらわないとならない」

沈黙。

カチカチッとまた雑音が鳴る。

「聞こえてるか、ブルース？」

『ああ』彼はぶっきらぼうに言った。『何でだ？』

「何でって？」

『何で今夜はだめなんだ？』

「それが——きっと納得いかないだろうけど、理由は言えないんだ。少なくとも、今はまだ」

また沈黙。接続がひどく悪い。電話も、人間同士も。

『ああ、わかった。じゃあ、またの機会に』

ブルースの口調はひどく冷ややかなものだった。

「ブルース、本当にどうしようもないことなんだ」

『ああ。気にするな』

明らかに彼は気にしている。僕は声をかけた。

「金曜なら空いているよ。明日の夜はどうだ？」

『俺は忙しい』

いたた。

「電話するよ」と、僕は丁寧に、だがよそよそしく言った。

『どうぞ』

ガチャン。


スピード違反をくり返しながら黄信号を三つ突っ切って、クロードが何か馬鹿なことをやらかす前にとにかく急いで車を走らせた。

カフェ・ノワールに着いてみると、いつもこの時間にはごった返しているカフェのウインドウには〝CLOSED〟の札がぶら下がっているだけだった。空を見上げる。灰色の空をタイヤ痕のような黒い雲が幾重にも横切っていた。雲行きがあやしい。

裏に車を停め、店の裏口へ歩みよった。ためしにノブを回すと、裏口のドアは洒落たカフェというより幽霊屋敷のようなきしみを上げて開いた。映画で馬鹿なヒロインが廃倉庫とか夜の公園とか劇場の舞台裏にのこのこ入っていっては殺人犯に出くわすシーンが、次々と頭をよぎっていく。

いや、今日ここで僕を待っているのはクロードだ。クロードは殺人犯などではない。

「クロード？」

裏口からキッチンへ入り、中の薄暗がりに目をこらした。カウンターの上ではずらりと並べられた鍋やヤカンが鈍く光っている。消毒液の匂いが重くたちこめ、かすかな残像のようにニンニクやバジル、タイムの香りが漂う。――うっすらと、煙草の匂いがした。

僕はカウンターとまな板の間をふらふらと抜け、非常灯の光をたよりにフロアへと向かった。暗闇にぽつんと赤い光が浮かんでいる。クロードの居場所を示す光のように。

「こんな暗いところに座って何してるんだ?」

すっかり物思いに沈んでいたのか、クロードは僕の声に驚いて、かすれた声を上げた。

「アドリアンか?　くそっ、誰かと思ったよ!　脅かすな!」

僕は黒くなめらかな床を横切って近づく。

「ほかの誰だと?」

「あの刑事《デカ》さ。リオーダン」

クロードの座るブースに、向かい合って腰を下ろした。暗がりの中で、肘のそばに置かれたグラスと、クロードの目と歯だけがうっすらと光っている。クロードはまるで、闇に沈む亡霊のようだった。

「金を持ってきてくれた?」

「いいや」

「ふざけんな!　何でだよ!」

「そんな金、持ってないからだよ」僕は辛抱強く説明した。「あっても持ってくるつもりはないし」

「何で！」クロードが叫んだ。「何でだ！」

「お前に、こんなところで人生を踏み外してほしくないんだ。友達だから」

「友達？　俺の死刑執行ボタンを押しといてか！　俺はあのデカに殺されるよ。あいつはロバートを殺して、今度は俺も殺す気なんだ」

僕は両手で髪をかき回した。「何言ってるのかわかってるのか？　何でそんなことを――」

「あいつが自分でそう言ったんだ！」とクロードが灰皿で煙草をつぶす。

「ロバートを殺したと、リオーダンがお前に言ったのか？」

「俺を殺すと言ったんだよ！」

「いつ？」

「サツが俺を解放する寸前にさ」

「本当に文字通り、リオーダンがそう言ったんだな？　お前を殺すって？」

「そう！　そうだよ！」

クロードの影が動き、頬をつたった涙がうっすら光って見えた。

「アドリアン、なんならこの店の権利をあんたにやるよ。どのくらい価値があるのかあんたならわかるだろ？　刑務所には戻りたくないんだよ、たのむから！」

僕はクロードの手に自分の手をかぶせた。

「どっちが怖いんだ？　刑務所か、リオーダンか」

「両方だよ！」

「なあ、よく聞け。もしここで逃げたら、自分が犯人だと自白したも同然だよ」

「俺は殺してない！」

「わかってる。でもそういう問題じゃない、逃げたら有罪だと見なされるだけだ。警察はお前を追っていずれつかまえるだろうし、刑務所に行くことになる。フランスにも犯罪人引渡し条約はあるんだぜ」

「見つからなきゃいいだけさ」クロードは手の甲で、次に手のひらで頬の涙を拭った。グラスをつかみ上げる。

「何でこんな簡単なことをわかってくれないんだ――何だってお前とこんな話をしなきゃいけないんだ？　警察はお前を自由にした、つまりお前をつかまえるだけの証拠はないってことだろ？」

「すぐに見つけるさ」

「存在しないものは見つけられないよ」僕はたじろいだ。「――だろ？」

クロードはグラスをぐいとあおると、テーブルにガチャンと叩きつけた。

「そうさ。そうだよ」もう一度うなずき、彼は息を吸いこむ。「でも、本当にお願いだ、たのむから、アドリアン……」

「金は持ってないんだよ」

クロードはまじまじと僕を凝視した。「でも手に入れられるだろ。あんたの母親——」

「母にたのむつもりはない」

「何千ドルかでいいんだ、それだけでいいんだよ。そのくらいは持ってるだろ」

「何回言えばいい？　逃げ出したら、もう全部終わりなんだぞ」

「なら何しに来たんだよ！」

クロードが激しく怒鳴った。ぐいと押しやられたテーブルが僕の肋骨に勢いよくくいこむ。

「いい加減にしろ！」僕はテーブルを乱暴に押し返して、ブースの外に抜け出した。「ここに来たのは、お前が人生をドブに捨てるのをやめさせるためだよ。お前がここまで必死に積み上げてきたものを無駄にさせないためだ！」

「へえ、ほう、あんたみたいな役立たずのお友達がいて本当に心強いよ！」

クロードははねるように立ち上がると、キッチンの方へ指をつきつけた。

「出てけ！　ここからすぐに！　お前なんかいらねえよ。そんな助けはいらねえ！」

「そうかい」僕は語気荒く言い返した。「自分で自分の面倒は見られるってわけか。ああ、たしかにそうみたいだな！」

ＣＬＯＳＥＤのサインの出たウインドウのシャッターと、闇に隠れようとしているクロードを手で示してやる。

「クソったれ！」

クロードがわめいた。灰皿をつかむと僕の頭めがけて投げつける。もしぶつかっていれば倒れるぐらいの力がこもっていたが、僕は身をかわした。柱にぶつかった灰皿が砕け散る。

僕は世界共通の「くたばれ」のサインを手で出してから、裏口に向かって歩き出した。

「何でだよ、アドリアン」

クロードの声が後ろから追ってくる。

「もし逆だったら、俺はあんたを助けてやったのに……」

カフェから遠ざかる車の中で、クロードのその声が何度も何度も僕の頭の中を回っていた。

（もし逆だったら、俺はあんたを助けてやったのに――）

真実だと、わかっていた。もし立場が逆転していたら、クロードは僕のたのみをためらわずに聞いてくれただろう。

彼にとって何が最善かどうかなど、偉そうに決めつける権利が僕にあるのだろうか？

家まで半分ほど来たところで、僕はブロンコをUターンさせてカフェ・ノワールへ車を向けた。

ATMを見つけるのに少し時間を食った。店の口座から二百ドルを引き出し、自分の個人口座からまた二百ドルを引き出し、そこに貯金をはたいた八十ドルを足した。これだけじゃ大した足しにはならないが、今の精一杯だ。

がらんとした駐車場はすっかり暗くなっていた。車から降りると、たわんだ電線が頭上で風にうなった。

裏口からカフェの店内にすべりこんだが、闇の中で完全に方向感覚を喪失して立ち尽くした。壁をなで回し、ライトのスイッチを探し出す。蛍光灯の強烈な白光がまたたき、金属のシンクや磨かれた床、きれいに片付けられたゴミバケツを照らし出した。

何ひとつ動くものも、気配もない。

てっきり、クロードがもう店にはいないのかと思った——だが彼がカフェの鍵をかけ忘れていくことなどありえない。たとえ二度と戻らぬつもりで出ていったとしても。

僕はクロードを呼ぼうと口を開いた。だが、嫌な予感がして沈黙を保った。

フロアの方から、かすかな音が聞こえた。僕はゆっくりと、フロアへの入口へ向かう。すぐそこまで行ったところで、何かが闇の中から勢いよくとび出してきて僕にぶつかった。僕の体はつるつるした床へ倒れる。

見上げたが、わけがわからなかった。目の前にあったのは翻る黒いレインコート、深くおろされた帽子、その下の骸骨の顔、肉切りナイフ。まるでスプラッタ映画から抜け出してきたような姿。

恐怖が全身にあふれ出した。僕は床を転がると、手近なテーブルの下に転がりこんで椅子をつかみ、盾にしようとする。だがレインコートの人影はもう裏口に向かって駆けていくところで、黒いコートの裾がかかしの上着のようにはためいていた。

心臓の鼓動が荒れ狂う一方、頭はどうしてかしんと冷えていた。一秒ずつ、一歩ずつが記憶に鋭く刻みこまれていく。意識をきつく集中させながら、僕はたよりないテーブルの砦から這い出した。一瞬だけ、あの人影を追いかけようかと思って、すぐに却下する。

「クロード?」

返事はなく、ただ奇妙な溜息のようなものが聞こえてきた。まるで砂浜を浅い波がなめるような。

薄暗がりの中、壁づたいにライトのスイッチまで向かう。スイッチを入れると、クリスマスツリーのイルミネーションのような白い光の粒が部屋中にともった。

クロードは、正面のドアのそばに倒れていた。体の下からじわじわと染みのような水たまりが拡がって、白と黒のチェックの床を汚していく。僕は彼のところまで部屋を横切った。クロードのパステル色のシルクのシャツが、赤いしぶきでまだらに汚れていた。残酷なドット柄。

心が、動くのをやめていた。光景は見えるし、見たものを理解もしていたが、もはやどれだけうながしても心がまったく動き出そうとしない。

僕は膝をついた。クロードの頬にふれる。ぼんやりと、自分の手の甲が擦りむけていることに気付いた。

クロードの目——虚空を見つめていた目が、まばたきした。

その口が開いたが、あふれ出したのは言葉ではなく鮮血だった。僕はまるでその血の奔流をとめられるとでもいうように、クロードの口を手でふさごうとする。囁くような自分の声が聞こえていた。

「どうして、どうして、どうして……」


黒々とした夜闇の中を、警察の車の青と赤の光が裂いていく。至るところに制服の人々があふれ、カフェ・ノワールの狭い裏口から出入りしようとしてはお互いをよけていた。

僕は、パトカーにもたれかかって立っていた。車内では警察無線がむなしくここにいない誰かに呼びかけている。寒く、気持ちが乱れていて、ただ両腕で体を抱いた。

リオーダンが裏口から大股に出てきて、僕を見つけた。近づいてくる彼の靴の下で、砂利が固い音を立てた。

殺すと、この男から脅されたのだとクロードは言った。僕は信じなかった。そしてクロードは死んだ。

「具合はどうだ？」

僕は小さくうなずいた。あまり大きく動くと、まだ体が震えていることがわかってしまいそうだった。

リオーダンは何かを読もうとするように、僕の顔を眺めていた。

「心臓の調子はどうだ？」

「ちゃんと刻んでるよ」

まだじっと見つめつづけていた。ぼそっと聞かれる。

「俺のジャケットを貸そうか？」

聞き違いだと思ったので、無難な返事を返した。「ありがとう。大丈夫」

「お前は、まったくな」

リオーダンはスエードのジャケットから腕を抜き、僕に向けて放った。そのジャケットは手にずっしりと重くわだかまり、まるで死んだばかりの何かを抱いているような気持ちになる。気を取り直して、僕はもぞもぞとジャケットにくるまった。リオーダンの体温がまだ残って温かく、彼の石鹸の香りがした。

「手の怪我はどうした？」

僕はぼんやりと、擦りむいた指関節を見下ろした。

「……覚えてない。多分、テーブルの下に逃げこんだ時だと思う」

「成程」リオーダンは何か言いかけ、だが気を変えたようだった。「何を見たのか話せる気分か?」

リオーダンの口元で息が白く曇り、頭上のライトに光った。僕は制服警官に向けて顎をしゃくる。

「彼が聴取したよ」

「俺にも話してくれ」

僕は自分が見たものをリオーダンに話した。彼はじっと聞きながら、メモは取らず、ただゆっくりとうなずいていた。

「骸骨《スカル》マスク? 例の、お前の家のそばをうろついてた奴のと同じような?」

僕はうなずいた。

「それとも、たしかに何かはかぶっていたが、たとえばスキーマスクをかぶっていて、それを見て頭の中で二つを混同したということはないか?」

「ない」

「一瞬のことだと言っていただろ?」

「でも、何を見たか間違えたりはしない。スカルマスクだ。ハロウィン用に売ってるみたいな。同じマスクだ。同じ男だよ。大柄。背丈はあんたと同じぐらい。体格も同じぐらい」

声が抑えられずにはね上がった。リオーダンが目を軽く見開く。

「わかったよ、少し声を落とせ、アドリアン」

「なあ、おかしいじゃないか」僕は言い返した。落ちつけと、自分に言い聞かせてはいたが、両手はきつく拳を握り、声は高くなった。「一連の出来事は何もかもつながっているんだ、誰の目にだってわかることだ。なのに何であんたにはそれが見えないんだ？　どうしてだ？　つながりを見たくないのか？　それとも誰かに見破られたら困るのか？」

「声を落とせ」

普通の青いセダンが砂利を鳴らしながら駐車場に入ってきて、僕らの横に停まった。煙草の煙をまとわりつかせたチャンが出てくると、吸い殻を靴底で踏み消す。彼はいつもにも増して、憂鬱そうでくたびれて見えた。

リオーダンがチャンに歩みよる。短い言葉をかわしてから、リオーダンは肩ごしに親指で僕を指した。チャンが礼儀正しくこちらへうなずく。僕はうなずき返した。犯罪現場に礼儀あり。チャンとリオーダンの二人がキッチンへ消える。数分後、黒い死体袋をのせた担架がガラガラと車輪の音を立てながら裏口から出てきた。

僕は目をとじた。

目の前に、口から血をあふれさせたクロードの断末魔が浮かんでくる。両手で、頬をごしごしと擦った。

時間がただすぎていく。

ここまで気力を支えていたアドレナリンを使い果たした上、全身が凍えて疲れきり、ひどい気分だった。どこかに座って休めるのなら何でもよかった。駐車場の砂利に座りこんでパトカーのタイヤによりかかるというのも悪くないかもしれない。カフェのキッチンから聞こえてくる何人かの話し声に耳を傾ける。リオーダンの声が混ざっていた。

やがて、ついに編み込みの髪の若い女性警官がやってきた。

「ミスター・イングリッシュ？　私はモントーヤ巡査です。リオーダン刑事が、あなたを家まで送るようにと」

「ありがとう。でも自分で運転して帰れるから」

彼女はあくまで礼儀正しく、だが頑として引き下がらなかった。

「いいえ、ご自分では自覚がないかもしれませんが、まだショック状態にあるんですよ。自分で運転しない方が安全です」

きっと警察としても、僕がこのままメキシコ国境に向けて突っ走っていかないかどうか確認しておきたいのだろう。

「僕の車はどうなる？」

「あのフォード・ブロンコですね？　私のパートナーのリンカーン巡査があなたの家まで運転していきます」

かくしてジェントルマンのごとく、清楚なモントーヤ巡査は僕をパサデナの店まできっちりとエスコートして送り届けてくれたのだった。

「店舗内を見回っておきましょうか？」

彼女は、華奢な手をしっかりと警棒にかけながらそうたずねる。

「結構。でもありがとう」

「本当に大丈夫ですか？」

彼女は微笑した。その笑顔は、看護師たちが病状が不安定な患者へ向けるプロフェッショナルな笑顔とそっくりだった。

「ああ、大丈夫」

「しっかり鍵をかけて下さいね」

「勿論」

モントーヤ巡査は確固たる足取りで夜の中へと消えていく。

僕はドアを閉め、闇を、そして正体のわからない何かを外に締め出した。鍵をかける。そうして、静寂と思い出のわだかまる家に一人でとじこもった。

11

リオーダンのジャケットを脱いで金属製のコートスタンドにかけながら、僕は留守電のランプが点滅しているのに気付いた。

再生する。一瞬の沈黙の後、ブルースが気まずそうにしゃべり出した。

『さっきは、何と言うか、あんな態度を取って悪かったよ。もしよければ、今夜はずっと家にいるからいつでも電話してくれ』

僕は電話をかけた。

呼び出し音が四回鳴り、切ろうかと考えはじめた時にブルースが電話に出た。

「やあ、僕だ」

『アドリアン』ブルースは上ずった咳払いをした。『電話してくれてよかった』

「今夜はごめん。本当に、どうしようもなくて――」

そこまで言って、僕はもう先を続けることができなかった。

ブルースが驚いた声を立てる。

『どうした？　警察が何かしてきたか？　何があった、アドリアン？』

すぐには話せず、何分かかかったが、僕はやっとのことで今夜のことを説明した。

『アドリアン——何てことだ』ブルースは、僕が途切れ途切れに語る間、ずっとそう呟きつづけていた。『何てことだ。アドリアン、君が殺されてたかもしれないんだぞ』

僕は目をとじて、手に額を預けた。

『本当に大丈夫か？』

「ああ」

『大丈夫って声じゃない。今からそっちに行こうか？』

「いや、駄目だ。そんな迷惑はかけたくない」

『いくらでもかけてくれよ』

罪悪感と安堵のふたつに気持ちが引き裂かれる。たしかに、このまま一晩中ひとりでいたら気がおかしくなってしまいそうだった。

『三十分で行く』

「君が、そんなことまでする必要は——」

『したいんだよ』

ブルースの肉体は美しかった。長く、強靭で美しい手足。

誰かと素肌を重ねるのは心地よかった。ブルースの動きのすべてが気持ちよかった——とはいえ、お互いどうやらこの手のことは久しぶりのようで、ブルースの動きにもそれが明らかだった。

重ね合ったペニスが擦れ合い、快感を生み出す。春の牡鹿がなめらかな皮膚につつまれた角を擦り付けて研ぐような動きで。ためしながら、力をこめていく。

「いいか？」

「ああ——」

「よかった。気持ちよくしてあげたいんだよ」

言葉通り、ブルースの愛撫は気持ちよかった。ぎこちなかったし、お互い噛み合わないところもあったが。メルなら「調和の欠落」と評しそうな状態の中でも、僕らは闇の中、文字通り手探りでお互いの存在を見つけて、ぎくしゃくと互いを確かめあった。

彼の唇が僕の唇を探り当てた。熱く、濡れている。飢えている。その貪欲さの中に自分を失ってしまいたかった。何も考えずにいたい。

口を開けて、強引に入ってくるブルースの舌にすべてをまかせた。彼の指が僕の肩にくいこみ、もっと近く、もっときつくと僕の体を引きよせようとする。僕も彼に肌を押しつけ、背をしならせた。

ブルースの動きはさらに激しくなった。僕も、体の奥でうねる熱の解放を求めて腰を揺する。求めても大丈夫だ——この男もまた、この瞬間を同じほどに欲しているのだから。

キスの中に、ブルースの絶望的なほどの声があふれた。僕は腰を小刻みに揺すりながら、深くキスをする。お互いに体をぶつけるように擦りつけ、ブルースは絶頂に達して、その熱をコンドームにあふれさせた。ブルースがうなり、僕のものを握る手に荒々しい力がこもる。僕も呻き、身をよじり、腰を揺すった。熱が高まり、全身に弓のような緊張が張りつめる——そして激しい響きのような、解放の一瞬……。

ブルースがたずねたのは、しばらく経ってからのことだった。

「何を考えている？」

「何も考えてないよ。……すごくよかった」

お前は考えすぎる、とロバートは言った。お前は死ぬまで物事を考えつめなきゃすまないんだろう、とメルも言った。

ロバートの記憶もメルの声も頭から締め出して、僕はこの瞬間に自分をゆだねる。ブルースの胸に頬を預けて、やわらかな毛の感触を感じた。肩を抱く彼の腕に力がこもる。僕は彼の熱によりそって、その乳首にキスをした。

「君は、闇の中でも目がききそうだな」

「んん……？」

「昔、君にそっくりな目の色のシャム猫を飼ってたんだ。本当に可愛い猫で……」

ブルースの声には、いつもの話好きな人なつっこい調子が戻っていた。セックスの後におしゃべりになる少数派の男の一人だったか。僕は多数派だ。今この瞬間に警察がドアを蹴破って入ってきたとしても、とても目を開けたままではいられそうになかった。

心地よく、温かい。安堵して、僕は意識を手放した。

……カーキパンツの膝が血に染まっていく。指にねばりつく鮮血。クロードの目が僕を凝視し、懇願して、何かを伝えようとしている。何かを言おうと——何を？

「誰が——？」

僕は囁くようにたずねた。

クロードの顔が震えた。その全身が震え、傷からあふれる血が震え、何かを言おうとしている口も震えた。唇がうつろに開く。そこから血が、輝くような真紅の奔流があふれ出した。ゴボゴボと、苦悶の音が上がり……。

「うわあああ！」

僕は勢いよく起き上がった。息が荒く、心臓が恐慌に激しい鼓動を打っている。

すぐそばで何かがばたばたと動いた。ベッドスタンドから本がなだれ落ちる。ブルースがランプのスイッチを探そうとして腕を振り回していた。

　スイッチが入ったが、ぐらぐら揺れるランプの放つ光が部屋中に不気味な影を踊らせ、ブルースがランプを押さえつけた。

「どうした？」

　彼のまっすぐな髪が、額に乱れていた。目の上から前髪を払って、ブルースは僕を見つめる。

「何があった」

　息が落ちつくまで数秒かかった。心臓にどのくらいの負担がかかったのかと、僕はしばらく様子をうかがう。やがて、息をふうっと吐き出し、こわごわと枕にもたれかかった。

　首を振る。

「悪い夢だよ。ごめん。もう、大丈夫だから」

　ブルースは眉をよせる。

「何の夢だ？」

「覚えてない」僕はナイトテーブルに向けてうなずいた。「水を取ってもらっていいか？」

　ブルースは水のグラスを取り、手渡してくれた。視線が合ったが、僕は目をそらした。彼はどこか、この場に不似合いだった——無精ひげは濃く、白い肌に茶色の乳首がひどく目立つ。何故か……見知らぬ相手のように見えた。

　いや。ぞっとするような思いで気付く。それはそうだ——この男について、ほとんど知らないのだから。

「話してくれ」ブルースがなおもうながした。「一体今夜、何を見たのか」

「もう眠りたいんだ。それだけだ。かまわないか?」

彼は、のろのろとうなずいた。僕からグラスを受け取る。それから僕を腕の中に引きよせて腕を回したが、今にも抵抗されるのではないかと思っているようにおずおずとした手つきだった。

ブルースが眠るそばに横たわって、僕はいつまでも眠れなかった。

翌朝早く、店先でブルースを見送ろうとしているところに、リオーダンが現れた。

天敵――それはまさに警察と記者のことだ。よく訓練された犬同士が、だが警戒心を丸出しに相手をうかがうように、リオーダンとブルースは互いに安全な距離を保って近づこうとしなかった。

ブルースは、別れのキスをしたがっている。それはわかったが、リオーダンのせせら笑うような視線を浴びせられて僕はいたたまれなかった。大体、こんな早朝から刑事が何の用なんだ?

まるで関節が固まった人形のようにぎこちなく、僕はブルースに抱擁を返した。

「電話するよ」

と、ブルースが僕を離しながら言う。僕はうなずいた。

二階へ向かう階段を、僕の後ろについてどすどすとのぼりながら、リオーダンが「元気そうだな」と嫌みにコメントした。それを無視して、僕はキッチンへ向かうと自分にコーヒーを注いだ。

「砂糖入り、ミルク抜き」

リオーダンが勝手に注文しながら、テーブルから椅子を引き出す。

彼にもコーヒーを注いでやった。その大きな両手で、リオーダンは妙に可愛い仕種でカップを受け取った。彼の姿は、僕の気分と同じぐらいくたびれて見えた――まるで一晩中眠っていないかのように。だがひげを剃って髪を整えているだけ、彼の方がましだ。

ジーンズとリーボック、グレーのスウェットシャツで、リオーダンはジムにでも行くような格好だった。ほう？　仕事に行く服装ではない。そんな姿でこんな明け方に、どうして僕の店のすぐ外をうろついていたものだろう。一般的な訪問時間とは言えないし。まさか目撃者を消しに来たとか？

「まず言っておくと」リオーダンがきびきびと切り出した。「昨夜の現場にチェスの駒はなかった。我々は掃除機をかけて調べた。二回」

「もしかしたら、僕が来たせいで駒を置く時間がなかったのかも」

「もしかしたらな。だがクロード・ラ・ピエーラはお前の高校の同級生じゃないだろ。それともあいつもどこかのチェスクラブのメンバーだったのか？」

「いいや」

彼はコーヒーに口を付けた。自分の言いたいことが伝わったと思って満足したのだろう。

だが、小さなゲイコミュニティで、殺人が二件だ。別々の殺人犯が同時多発的に犯行に及んだと？　そんなことで納得がいくわけはない。

僕は口を開いた。

「クロードは、チェスとは別の理由で殺されたのかもしれない」

「たとえば？」

「クロードはロバートを殺した犯人を知っていると言っていた」

「誰が殺したと？」

「あんたが」

リオーダンは、その言葉を予期していたようだった。かすかな笑みに、唇が歪む。

「いい度胸だ、イングリッシュ」

またコーヒーを一口飲んだ。

それ以上何も言ってこない。僕は続けた。

「クロードは、あんたがゲイだとも言ってたよ」

この言葉には反応があった。予期せぬ形だったが。

「ゲイか」リオーダンは忌々しげに吐き捨てた。「くだらん言い方だ」

「どんな言い方ならいいんだ?」

「ホモセクシュアル、同性愛者、同性相手に肉体的欲求を持つ男」

「途中で舌を噛みそうだよ」

彼は黄褐色の目で僕の顔を眺めた。

「驚いてないようだな?」

「幸い、受け入れるだけの時間があったんでね」

「俺にも時間はあった。だが今でもまるで慣れないよ」

リオーダンが動く。スウェットのやわらかい布が、肩と腕で強靭に盛り上がった筋肉の形をくっきりと見せていた。着慣れたジーンズごしに、力のこもった太腿のラインがきれいに浮かんでいる。

リオーダンの手にかかれば、ロバートやクロードでさえ一瞬で片付けられただろう。僕だってひとたまりもない。だが——どうしてか、彼のまとう匂いに警戒心がほどかれていくようだった。デオドラントソープと柔軟剤の香り。匂いからしても、見た目からしても、どうやらリオーダンは行きがけに乾燥機からひっつかんだ服を着てやってきたように見えた。

世の中は切ないものだ。ブルースは身なりにリオーダンの何倍も金と労力を費やして一流モデル並みの装いをしているというのに、適当に着こんだだけのリオーダンに見た目でも印象でもかなわないとは。

　人生は不公平の塊だ。

　純粋な好奇心にかられて、僕は質問を重ねた。

「それでうまくやっていけてるのか？　このことを知ってる相手は？」

「誰もいない。やった相手は一人残らず殺してる」リオーダンはせせら笑った。「何だと思ってるんだ」

「そうじゃなくて、もっと身近な相手のことだよ。家族や友達は知らないのか？」

　僕を見た彼の視線は無感情だった。

「誰も知らん。この先もずっと、知ることはない」

　はっきりと、それは疑問の余地のない宣言と言えた。

「それって脅しか？」

「お前は、俺がラ・ピエーラを殺したと本気で考えてるのか」

　リオーダンはおもしろがっているようだった。

「クロードはあんたから、殺すと脅されたって」

「ああ、あれか。脅したさ。本気だったしな。俺にもそれなりに自分の人生があるんでな」

　彼は鋭く顎を動かした。オールドパサデナののどかな道を指したようだ。外の世界。

「普段はどうごまかしてるんだ。女の子とデートするふりとか？」

「女は好きだ」一瞬置いて、リオーダンは苦々しい顔でつけ足した。「ただ、男の方がもっと好きだというだけだ」

リオーダンの姿を見つめて、僕は彼のことをどうにか理解しようとした。あの夜流れていたサラ・マクラクランの歌、〝謎に包まれて〟がどうしてあれほどしっくりきたのか、やっと腑に落ちる。特にあの歌詞——〝それはそれは美しい、美しいけれども、最悪の男〟の部分が。

まさに、それがこの男だ。

「そうなのか。でも男と関係を持ってはいるんだろ?」

「関係?」

リオーダンはもはや、遠慮なく嘲笑った。

「ああ、男と関係はあるさ、親父、兄弟、仕事の相棒。ホモとやるのはただのセックスだ。その二つを混同するな」

「男とホモ?」

「人間関係とセックスだ」

「男同士でセックスしてたって、満ち足りて健全な人間関係は築けるよ」

独り言に近かったが、リオーダンは返事をした。

「要素が矛盾している」

この男にとっては、そうなのかもしれない。クロードの言葉が正しかったのなら、リオーダンがその欲求を満たしているのは暗いＳＭの世界だ。主人《マスター》と奴隷《スレイヴ》たちがうごめく世界。苦痛と拘束、恥辱と懲罰の満ちる世界——リオーダンにとって、男との関係はまさしくそれでしかないのだろう。

「クロードは、あんたがＳＭに傾倒してると言ってた。ボール＆チェインというクラブで何度も見かけたって」

まっすぐにこちらを見据えたリオーダンの目は、鋭い緑の光を帯びていた。もしこれが、この男が人を殺してでも守りたい秘密なのだとしたら、まさにこれは僕が自分の死刑執行書にサインした瞬間だ。

「本当のことなのか？」

「何で知りたい。クラブに紹介してほしいか？」

「いや、これでもセックスは安全第一のタイプなんでね」

「ほう？」

どうしてか、彼は歪んだ笑みを浮かべた。早朝に朝帰りする男を送り出すのが、いつもの僕の日常だと思われているのだろうか。

聞くのが怖かったが、僕はそれでもたずねた。

「ロバートのことは？」

「ロバートのことが何だ？」

「彼を知ってたのか？　つまり、はっきり言うと、ロバートを殺したのはあんたか？」

「いいや」

否定するリオーダンを信じたのかどうか、自分でもよくわからなかった。

どうして、リオーダンがここまで多くのことを僕に話したのかもわからない。朝のコーヒータイムの気まぐれ？　それとも単に身近に自分の秘密を話せる相手がいないからかもしれない。こんな大きな秘密を抱え、二重生活を秘匿しながら生きていくというのがどんなことなのか、僕には想像もつかなかった。毎日、どれほどの重荷を背負いつづけているのか。

心を病んでも不思議はないほどだ。

リオーダンは軽い調子で話を変えた。

「そう言えばな、あのカードの指紋を調べたぞ。きれいなもんだった――お前の指紋以外はな」

「僕の指紋？」

指紋を採取された覚えがないのだが。一体どうやって、と聞きかけた瞬間、彼の表情に気づいた。

「ロバートの部屋か」

僕は呟いた。そう言えば、部屋から出る直前、リオーダンは僕が水を飲んだグラスをつかみ上げてキッチンへ運んでいったのだ。あれの筈だ。きっとそうだ――僕の手袋とグラスを、彼は証拠調べのために持ち去ったのだ。

僕の言葉など聞こえなかったかのように、リオーダンが続けた。

「花束に関しても、捜査は完全に袋小路だ」

「何度も時間を無駄にさせて申し訳ないと思ってるよ。そろそろ証拠をでっち上げて僕を逮捕した方が早いんじゃないか？」

リオーダンは、このあてこすりも流した。

「猫の死体については意外と興味深かったぞ。窒息死だった。野良猫にしては痩せてないし、年をとりすぎているから飼い猫だな。近所で猫の行方不明はなかったか？」

「知らない」

意識を失っている間に隙につけこまれていた——そのことをまだくよくよ考えていたが、僕は気を取り直した。思えば当然だ。この男は警察官で、僕は第一容疑者なのだ。これでよくわかった、やはりリオーダンに気をゆるしてはならない。

「窒息だって？　まったく」

「ああ」

リオーダンはじっと僕の表情をうかがっている。僕は言った。

「隣の店はタイ料理レストランだよ。メニューに猫がのってないかどうか見てきたら？」

まるで不意をくらったように、リオーダンが短い笑いをこぼした。

「猫を絞め殺して在庫の奥にしまいこみ、自分がストーキングされてる証拠にするなんてこと、僕はしないよ」

「まあ、ありそうにない話だよな」リオーダンも同意する。

「どうもありがとう。犯人が、猫は切り刻まずに窒息させたのは何でだと思う？」

「猫が好きなのかもな」リオーダンが応じた。「小動物とか、小さなおばあちゃんとかに優しいタイプの犯人かもしれない」

「そうなると、よくいるシリアルキラーじゃないってことだね」

「よくいるシリアルキラー……」

リオーダンは物言いたげに呟いた。

証拠は何も出てこない。僕の仮説は的外れだったのだろうか。ロバートは死ぬ直前に誰かといい仲になっていたが、友達にすらその相手を教えなかった。殺人犯かもしれない、だが確証のない相手だ。そして誰か、ロバートを殺したのと同じ犯人が僕の店に押し入って店内を荒らし、さらにおそらく花や不気味なメッセージカードまで僕に送りつけてきた。

最近始まった無言電話は、僕の知り合いからのものかもしれない。だがもしかしたら、どこかで僕の電話番号を知った誰かの仕業かもしれない——たとえば、ロバートの電話帳を見た犯人とか。

そう、すべてがひとつの答えを示している筈だ。ロバートの殺人犯が僕をストーキングしている。それが自然な結論だ。

シリアルキラーかもしれないと言い出したのは僕自身だったが、ロバートを殺した犯人は、映画や小説の中でオペラをたしなんだりワインを傾けながら高笑いして人を殺しまくるシリアルキラーのイメージとは一致しない——考えれば考えるだけ、ロバートの殺人には、はるかに個人的な殺人の動機がひそんでいると感じられてならなかった。

僕は考えながら口に出していた。

「犯人は、ロバートから鍵を奪って、それを使って店に入ったんだ。僕の店を滅茶苦茶にして、猫の死骸をトランクに入れ、腐るにまかせて、自分は出ていった。……どうしてそこで待ち伏せて、僕を殺さなかったんだろう」

リオーダンはカップの葉の模様を親指でなぞった。

「店を荒らしたのは脅しかもしれないし、罠の一部だったのかもしれない。お前の心臓が悪いのを知っている誰かが仕組んだ」

「脅かせば僕が死ぬとでも思って？」

リオーダンは肩をすくめた。

「どうして単に僕を殺さないんだ？」と、僕はまたくり返した。

「つき合うよ。何でだ？」

昔のSF映画ばりに——〝逆転世界だ！〟と、頭の中をひっくり返す。犯人の立場から見て、僕を殺さない動機とはなんだろう？

僕は立ち上がり、自分にコーヒーのお代わりを注いだ。

「クロードを殺した凶器は何だった？　ロバートを殺したのと同じものか？」

「検視結果が上がってくるまで確たることは言えないが、同じだと思うね。俺もあまり偶然というやつは買わないたちでな。だが、一つ言っておくと、傷の状態はまるで違った。今回はハーシーの時のような、怒りにまかせた傷ではなかった」

僕が読んだ新聞記事にも、ロバートがどれほど凄まじい敵意をもってくり返し刺されていたのかが書かれていた。顔は切り裂かれ、喉も複数回突き刺されていた。そしてロバートの目も――。

「クロードはもっと……普通に殺された？」

かすかな笑みが、リオーダンの顔をよぎった。「ま、そう言っていいだろう。ロバート・ハーシーの殺人は妄想の果てに行われたものだ。犯人は殺しに酔っていた。ラ・ピエーラの殺しは、急ぎの犯行だ」

「犯人は、僕が戻ってくるとは知らなかった筈だけどね」

「そうだな」

「それとも、僕がクロードを殺したと？」

リオーダンは、テーブルの上に置かれた僕の手の、傷ついて腫れてきた指関節の背にちらりと目をやった。

「お前の服にはそこまでの返り血はついていなかったし、凶器も持っていなかった」

「車の中にもなかったろ?」僕は淡々と問いかけた。「家まで警官に送らせるなんて、妙に親切だと思ったんだよ」

「ひねくれすぎだ」

リオーダンはニッと笑った。コーヒーを飲み干す。

彼は立ち上がった。僕も立ち上がると、借りていたジャケットを取りにいった。リオーダンの、茶色のスエードのジャケットには肩章すらついていない。SM趣味は普段の生活にまでは及んでいないようだ。

ドアまで送っていくと、僕はたずねた。

「フェリス・バーンズやほかのチェスクラブのメンバーがどうしているか、何かわかったか?」

ジャケットを羽織りながら、リオーダンは僕と目を合わせなかった。「いいや」

「勿論、調べてもいないと」

その言葉はあまりにも苦々しく響いたに違いない。一瞬置いて、リオーダンが言った。

「なあ、問い合わせはしている。いいな?　返事はまだだ」

金曜の午後、出版社から僕の小説のゲラ刷りが届いた。おかげで、デビュー作がついに出版される日が迫りつつあるという現実を突きつけられて、ほかの問題は頭から吹きとばされた。

二階へ上がり、とっておきの豆でコーヒーを淹れ、ベルギーのチョコレートアーモンドクッキーの箱を出してきて、僕は校正にとりかかった。たちまち自分の空想の中に入りこみ、あちこちの文章にぎょっとたじろいだり、別のところでは喜んだりしながら完全に没頭した。すっかり気持ちがとらわれていたので、顔を上げ、もう五時になりかけているのに気付いて驚いたほどだった。

一階へ下りる。アンガスがサブウェイのサンドイッチを食べながら、新聞の死亡欄を眺めてひっそり考えこんでいた。記事の上にレタスとサラミが模様のように散らばっている。

「哺乳瓶ブチ炒りマスター」

アンガスはサンドイッチの屑ごしに、明瞭に発言した。

「何だって？」

もっとここまでくると、この程度のことでは驚きもしない。たとえアンガスが朗々とチョーサーの暗誦を始めたとしても、きっといつものことだと流せる気がした。

アンガスはがつがつとサンドイッチを噛み砕いて飲みこみ、耳の悪い相手に言って聞かせるように丁寧にくり返した。

「ほかの郵便物、いりますか？」

「ありがとう、もらうよ」僕は郵便物の束を取り、カウンターの下を探った。「レターオープナー見てないか?」

「いいえ」

「ここにあったんだけどな」

僕はしゃがみこみ、棚の段を手で探った。

「ダガーのミニチュアレプリカみたいなやつで……持ち手が真珠貝の」

実のところそれは、魔女の呪い用の短剣のレプリカだった。遠い昔、メルがハロウィンにくれたジョークプレゼントだ。

「見たこともないです」

とアンガスが言い、僕は彼をじっと見つめた。彼は丸いレンズの向こうでぱたぱたとまばたきし、唇を噛んだ。嘘をついているのかどうか、まったくわからない。何がなくとも普段から後ろめたそうにふるまう青年だ。

あのレターオープナーを最後に見たのがいつだったか、思い出そうとした。この何日かはオフィスにある方のレターオープナーを使っている。あの魔女の短剣は、先々週の金曜にロバートが郵便を開ける時に使っているのを見たのが最後だ。

特別な思い入れがある品というわけではない。先週の月曜に店に押し入った犯人が持っていったのではないかという気がしてならなかったが、そんなことをする理由もないだろう。落ちつかない気持ちだけが残った。

オフィスに戻ると、僕は届いた郵便物を片付けはじめた。いつもの本やら雑誌やらカタログやら（一体いつ『ビックリ！　珍品カタログ』の会員にされたものか）の中に混ざって、四角く平らな包みがあった。茶色い包み紙で、紐で結ばれている。赤いクレヨンで書かれた宛名は歪んでいて、まるで子供が書いたような字だった。

ペンナイフで紐を切った。紙の下にナイフの先をもぐりこませ、包みを開く。

現れたのは一枚のＣＤだった。

ヴェルディの、レクイエム。

「ふざけんな！」

僕はＣＤケースを引っつかむと思いきり投げた。ケースは宙でフリスビーのように回転しながら飛んでいったが、メタルシェルフにぶつかって蓋がはじけとんだ。バラバラに床へ落ちる。中からＣＤが転がり出して、床に小さな円の軌跡を描いてから、ぱたんと表を上にして倒れた。

椅子からとび出し、僕は大股の二歩でオフィスを横切って、ＣＤを拾い上げる。

ＣＤの表面には、黒いマーカーで一行の詩が記されていた。

ついにかたわらを離れぬ宿命の影

宿命の影？　ふざけた話だ。僕は電話に手をのばした。

だが、ためらってから、ゆっくりと受話器を戻す。通報したところで警察が何をしてくれる？市民を守り、市民に仕えるべき公僕の方々は、僕が神経質なオカマ《ファゴット》で、趣味の悪いストーカーにつきまとわれても自業自得ぐらいにしか考えていない。あのリオーダンすら、僕がおぞましいプレゼントを自分で自分に送って注目を引こうとしている可能性を捨てきれないでいる様子だった。きっとまだ、ロバート殺しのことだって疑っているに違いないのだ。

ＣＤを持って二階のフラットに上がると、僕はそのＣＤをプレーヤーに入れた。すぐに旋律が流れはじめる。なめらかに、陰惨に、そのメロディは日の光のあふれる部屋を満たして、書斎に向かう僕の背を追いかけてきた。

僕は本棚からバーレット引用句辞典を抜き取り、インデックスをたどった。〝宿命《フェイタル》〟の項目に目指すものを見つけ出す。

劇作家（イギリス）ジョン・フレッチャー（１５７９－１６２５）

知らない名前だが、彼が書いた〝正直者の運命〟という作品の中に、その一節はあった。

人は己の星

瑕のない誠の人間を為しうるその魂は

あらゆる光、響き、運命を司る
天からふるさだめは早すぎも遅すぎもしない
我らの行いは我らが天使――善も悪も
ついにかたわらを離れぬ宿命の影

12

レイサム夫人だったら、この状況下でどうするだろう？

さて。レスリー・フォードの書いた二十冊近いレイサム夫人シリーズの中で、夫人はいつもわずかな手がかりだけを元に見事に殺人犯を暴き出してはそのせいで危機一髪に陥っていたものだ。だが、夫人と僕との埋められない差がここにある――夫人は至るところで手がかりや決定的な証拠など、とにかく何かに行き当たるのだ。おまけに彼女には、プリムローズ大佐という、情報源としても優秀な上、ぎりぎりの瞬間に駆けつけては夫人を危機から救い出してくれる素敵な騎士までいる。僕は一人きりだ。

そんなわけで、土曜の朝、青い空が晴れ晴れと頭上から微笑みかけているというのに、僕の気分はどんよりと曇っていた。キッチンの窓のそばに立ち、広大な青空で白い雲たちが楽しげにじゃれあう様子を眺める。あふれる陽光が鮮やかに輝き、雨の残した水たまりや濡れ光る屋根や路面、そして僕のじめついた心まで乾かしていく。

Ｔａｂの缶を手に、とりあえず、ここまでわかっていることを書き出してみた。現在のところ、事実だと思われることを全部。

タラには動機があった。警察の話がたしかなら、彼女はかなりの額の保険金を受け取る立場にいる。ミステリの中ならそれだけで充分な殺人の動機になるというものだが、しかしタラには僕を狙う理由がない。僕がロバートの遺産をもらったわけでもないし、僕が死ねば自分の遺産は全額ゲイの支援組織に寄付されることになっている。

ロバートが殺された動機が金ではないとしたら——たとえば、嫉妬。クロードも、ロバートに捨てられてからというもの、嫉妬にかられていた。そのクロードも殺されてしまったが。勿論クロード以外にもそんな相手は大勢いた筈で、その中の一人があの夜、ロバートに仕返しをするべく待ちかまえていたとしたらどうだろう。だがやはり、どうして僕を狙う？　僕には嫉妬される筋合いもない。

ゲイに対する憎悪犯罪《ヘイトクライム》だとすれば？　マックスもあからさまにロバートを憎悪していた——まあカッとなった勢いならまだしも、マックスが計画的にロバートを殺したとは思えないが。ロバートを殺した犯人は、前々から計画していた筈だ。うっかり人を殺してたまたまチェスの駒を持ち合わせていたという人間はいないだろう。ロシア人のチェスチャンピオンとかだったら知らないが。それにマックスは僕のライフスタイルに――あるいは僕の存在そのものに――好意的ではないかもしれないが、手間をかけて僕を狙うほど憎まれているとは思えなかった。

ペンの頭で鼻を掻く。まったく、推論ばかりだ。どんどん根拠が怪しくなっていく。

ロバートが誰かを脅迫していたという仮説も、意外といい線だったのかもしれない。ロバートは金に困窮していた上、人が怯えるのを見るのも大好きだったし、昔から物事のやめ時がわからずに悪ふざけをやりすぎるタイプだった。その手のロバートの〝冗談〟が、たとえばリオーダン刑事などに通じたとは思えない。

だがリオーダンが犯人なら、僕に罪をかぶせようとするのはまだわかるが、つけ狙われる理由がない。僕を殺すのはリスクが高すぎるだけだろう。

そんなわけで、ロバートが殺された理由をあれこれ――まともなものからどうしようもないものまで――積み上げる一方で、ロバートと僕の二人が標的になるような動機は相変わらず見つけられらないままだった。だが、確信は揺らがなかった。ロバートの殺人と、僕の……殺人は、必ずつながっている。どうせ警察は同意してくれないだろうが、この事件には裏に見えない大きなパターンが隠れている筈だ。

そこまで考えてはみたものの、僕がせっせと組み上げた推論のトランプタワーはここで倒壊する。僕がまだ生きているからだ。どうしてまだ殺されていないのか――どうして、かわりにクロードが死んだ？　クロードの死はどう関わってくる？

溜息をついて、僕はペンを放り出した。

もう一度、ヴェルディのレクイエムをかけ直す。僕に恐怖を与えるために送られてきたCDなのだろうが、〝Libera《リベラ》 Me《メ》〟の心にくいこむような美しい旋律に耳を傾けていると、奇妙なほど気持ちがおだやかになってくる。間違っていない、という確信が心を満たした。このまま求めつづければ、必ず答えにたどりつける。警察が役に立たなくともかまいやしない。あっちにとっては所詮、他人事でしかないが、こっちは自分の命がかかっているのだ——。

しかし、リオーダンと、あのどこか謎めいたチャンの言うことにも一理はある。十五年前の高校時代が元で、今になって人が殺されたというのはあまりに唐突だ。

結局、なんなのだ？　あれこれ考えた末にわかったのは、いくら時間を費やしても僕には真実をたぐりよせることなどできないということだけか？

時計に視線をとばし、電話帳を引っぱり出すと、僕は〝ランディス〟の項目にある番号にかたっぱしから電話をかけてチェスクラブにいたグラント・ランディスを探しはじめた。土曜だということもあって留守電よりも人間が出る確率は高かったが、八本の通話をすませた後でも何ひとつ手ごたえはなかった。納得いかない。ミステリの中ではいつも必ずうまくいく手の筈だ。

十一時頃、僕はアンガスと交替しに店に下りていった。アンガスは、クロードの殺人事件の記事を読んでいるところだったが、僕の姿を見るや後ろめたそうに新聞を折ってカウンターの下につっこんだ。だが残念ながら、すでに見出しが僕の目に入った後だ――〝ゲイコミュニティを襲う切り裂き魔〟。

来週の週末には――そこまで僕が生きのびていれば――この書店で作家のサイン会を開く予定だった。こうしたイベントの成功は、事前の準備にかかっている。その作者の本をたっぷり揃え、あらかじめ宣伝を打ち、おいしそうな軽食を手配して並べる。願わくはいつの日か、誰かが僕のサイン会のためにこれだけ心を砕いてくれる日がきますように。

今回の作者はゲイで、それだけにいつもより抜かりなく準備する必要があった。クロードが生きていれば軽食の担当だったのだが、仕方ない、もう僕とスーパーの総菜コーナーで力を合わせて頑張るしかなかった。

アンガスが昼食から戻ってくると、二人でメニュー案を考えた。僕がアイデアを出す係、アンガスがしかめっ面で吐きそうになる係だ。

「チーズパフ」と、アンガスが助言した。

「本がパウダーチーズまみれになるだろ」

「みんな、チーズパフは好きだし、たとえフ――」

「たとえオカマ《ファグ》でも？」

アンガスはゴフゴフと、何か喉に詰まったように咳込んだ。

僕は彼を眺めて、言った。

「食通ごっこが一段落ついたところで、現実的に、クワイのベーコン巻きっていうのはどうかな?」

「んむ……どうでも、いやつまり、僕は、その――」

僕は先を待った。

アンガスが、指でクリップをごにょごにょといじりながら続けた。

「その日、来なきゃだめなのかなって……」

「来たくない格別の理由があるのか?」

アンガスの至るところが真っ赤になったので、僕は少し哀れになった。

「……いいえ……」

と、アンガスが返事を絞り出す。

「それはよかった。来てほしい」

「でも、その――満月なので……」

反射的に口をついて出そうになった返事をいったん飲みこみ、僕はあらためて言い直した。

「満月はまたいくらでも来るさ、アンガス」

ブルースから電話があったのは、その数時間後、僕が色々な請求書を処理している最中だった。あまり楽しくない仕事だ。

『今、何してる?』

ブルースが低く、色っぽい声でたずねる。

「仕事」

そう答えてやると、彼はそっと笑った。

『どんな仕事?』

「かわりばえしない仕事。そっちは何してる? どんな事件を追っかけてるんだ?」

半日足らずで、二本目の電話とは。何という快挙。人生ここに至って、ついに僕にも他人と親しくなる能力が芽生えたか。

『自分の好きに仕事を選べるのが、フリーランスのいいところさ』

ブルースはそう言って、現在とりかかっている記事の話を始めた。僕は目の前の数字を足しながら、適当に聞き流していた。

『でもあんまり遠出は好きじゃなくてね』と、ブルースがまだしゃべっていた。『年をとったってことかもしれないな。最近はできれば近場で、いい話を探そうとしているんだよ』

「いいね」

僕は目を細めて計算機の表示をにらんだ。

一瞬の間があって、それから、

『どうかしたのか？』

「いいや、どうもしてないよ」

『いや、何か変だよ。なあアドリアン、もう話したろ？　俺はもう事件の取材からは手を引いた。ボーイタイムズはあの件を自前の記者で取材してる。俺はただ、プライベートで君と会いたいだけなんだよ』

「ああ、わかってる」

『それなら次、いつ会える？』

どうしてそれに答えられないのか、自分でもわからなかった。

僕はもう長い間、ずっと清い生活を送ってきた——要するに孤独だった。この何年も。そして今、目の前に何の欠点もない男が現れ、理想的なことを言い、理想的なふるまいをする。なのに突如として、僕はそれを重荷に感じはじめていた。リオーダンに対して男同士の満ち足りた関係とやらについて説いておいて、自分がこれではお笑いだ。

やっと、僕はブルースの問いに答えた。

「……わからない」

『今夜は？』

何か、断るためのいい口実を頭の中で探した。何も思いつかなかった。

「わかった、今夜」

『迎えに行くよ』

夕方近くなると客も増えて忙しくなり、素人探偵の仕事はひとまず棚上げとなった。

このクローク&ダガー書店が軌道に乗るまでには少しかかったが、今では店は順調な成長を遂げていた。職に困っていたロバートを雇い入れた理由のひとつが、それだ。自分一人だけですべてを切り回すには限界がきていた——ギリギリまで頑張ったのだが。自分の城に等しいこの店の閉ざされた平和と平穏を他人に土足で踏み荒らされたくなかったのだ。今にして思えば、正しい勘だったと言えよう。

客が一段落すると、僕は短い休憩を取り、オフィスでリンゴとチキンサラダサンドイッチを一切れ食べながらまたロバートの年度アルバムをぺらぺらとめくった。チェスクラブのメンバーのまだ幼さの残る顔をじっと見つめる。写真を通して心が読めるかのように。

その瞬間、はっとひらめいた。

タラだ。

いや、彼女はチェスクラブのメンバーではなかったし、転校してきたのもこの翌年だ。だが続くひと夏、タラとロバートはべったりとくっついていたし、タラはとにかくロバートのことを何もかも知りたがった。そして、ロバートは口の軽い男だった……。

僕はタラに電話をかけた。

僕からの電話に、タラは迷惑そうだった。受話器の向こうでは大音量のテレビの音と子供のわめき声が響き渡っている。スーシティの住人は眠れまい。

何を聞きたくて電話したのか、それを説明すると、タラはうんざりと言った。

『アドリアン……それ、あんまりにも昔の話じゃない』

「わかってるよ、でも思い出してみてくれないか。チェスクラブはたった一学期だけで解散した。何でだ？」

『チェスなんて退屈だからじゃないの』

「たのむよ、タラ」

何マイルもの牧草地帯とトウモロコシ畑をこえて届いた溜息が、重く受話器を揺らした。

『本当のところは知らないのよ。嘘じゃないわ』

「ロバートは何て言ってた？」

タラのためらいと、たじろぎが伝わってきた。

『ロバートはあなたに言わなかったんでしょ？　なら私が話すのはちょっと……ねえ、アドリアン』

「いいから話してくれないか」

苛々と、タラは答えた。

『誰かがイカサマをしたのよ！　多分ね。大きな試合――トーナメントっていうの？　学校同士の対抗戦の時よ。その試合でメンバーの誰かがイカサマをやって、チェスクラブは失格処分を受けたのよ』

すっきりしない気持ちで、僕は思案をめぐらせた。

「いや、もっと何かあっただろ？」

どんな答えを期待していたのかはわからないが――いや、わかっていた。とにかく期待していたのは、殺人の動機。

『知らないわよ、私が聞いたのはそれだけ。でもアドリアン、考えてみてよ、全員の体面が丸つぶれにされたのよ。子供なんて恥をかかされるのが大嫌いじゃない――特に高校生なんてね。ロバートなんて、もう何ヵ月もたったことなのにいつまでも怒り狂ってたわよ』

たしかにロバートは、プライドを傷つけられることに我慢がならなかった。昔からそこはまったく変わらなかった。自分が間抜けに見えたり、後ろめたい立場に立たされることに耐えられなかった。

だがロバートがイカサマをしたわけがないのだ。あいつは、そういうことはしない。世界がひっくり返ってもイカサマなんかするタイプではない。なら、無実のロバートがどうして殺されなければならなかった？

当時を思い出そうとしたが、高校二年の頃の僕の記憶はおよそ二つの出来事で占められていた――リウマチ熱で死にかけたこと、自分がゲイだと気づいたこと。この二つは、自分の中で分かちがたく絡み合っている。

「イカサマしたのは誰だったんだ？」

『ロバートは教えてくれなかったわ』

「そんなわけないだろう、タラ。ロバートは何でも君に話してた」

『あらそうかしら？』

彼女は苦々しげに吐き捨て、受話器を手で覆って子供を叱りつけた。

そう言えば、と僕は頭のすみで引っかかっていたことを思い出す。

「タラ、ロバートが殺される前、君はロサンゼルスに来てたろ。何でだ？」

はっと息を呑む音。

『何で知ってるの？』

「ロバートが言ってたんだ」

『あの人には言ってな――』言葉を飲みこみ、タラは話を変えた。『もう行かなきゃ』

は？

「いや、もう一つだけたのむ、タラ。どうしてチェスクラブは解散したんだ？」

『顧問の先生、あのミスター・アトキンスがやめたからよ』

「何故？」

『あのイカサマ事件のせいじゃないの？　知らないわよ。ねえアドリアン、もう私の生活をかき回すのはやめてくれない』

「そんなんじゃないよ。何でミスター・アトキンスはクラブを――」

『はいはい、そんなに知りたいなら直接本人に聞きに行けばいいじゃないの、探偵さん！』

そう言い放って、タラは電話を切った。

13

ミスター・アトキンスはすでに教職を引退していた。教師なんて、子供たちの頭に無理矢理知識を詰めこまなければならない上に感謝はされない職だし、最近の子供ときたら銃で武装していたりする。

学校のとりすました秘書は僕の名前と電話番号をメモして、ミスター・アトキンスに伝言を伝えると約束してくれた。

僕は一階に戻り、アンガスを苦役から解放してやった――あっというまに店から逃げ出す姿を見ると、そうとしか言いようがない。アンガスが帰ると、店の戸締まりをした。

階段を上る途中で、カサカサッという音を背後に聞いた気がした。

僕はまた一階へ下りると、ペーパーバックの山や棚の隙間をのぞきこんで回った。本の並びにも、AからZまで何の異常もない。奥のオフィスに首をつっこんだ。

「誰か？　いるのか？」

反応はない。

馬鹿らしくなって、僕はもう一度ライトを消すと二階へのぼった。ブルースに会う前に着替えなければ。

一杯飲みつつ、ひげを剃って顔を洗った。何を着たらいいのかわからずに長々と迷った挙句、サックスの店員が「カレー色」と呼んでいた色のドレスシャツと黒のパンツに落ちつく。どうしてだかひどい緊張を覚えはじめていて、電話が鳴った瞬間、思わず引ったくるようにつかんでいた。

相手はリオーダン刑事だった。苦々しい声で、

『二件ある。バッファロー警察から調書が届いた。リチャード・コーデイの死因は、十二階からコンクリートのプールサイドに落下したことによる墜落死だ』

僕はごくりと唾を呑んだ。「自殺だったのか？」

『断定できない。コーデイは一人でチェックインし、部屋には彼の所持品しか残されていなかった。だが死の何時間か前にうっかり部屋に入ったメイドによれば、部屋にはコーデイ以外にも

う一人いたそうだ』

「男？」

『女だった、と彼女は思っている。床に女の服が散らばっているのを見たからな』

「ラスティはゲイだったのに、どうして部屋に女が？」

『俺は事実を言っているだけだ』

「ちょっと待ってくれ――」しゃべりながら考えていた。「女物の服はラスティのだったかもしれないよな？　女装して死んでたんだろ？」

沈黙。

『可能性はあるな』

と、リオーダンが嫌そうに言った。

「事故で落下したということはないのか？」

『無理だ。部屋の写真をファックスで送ってもらった。窓の写真もな。飛び下りたり放り出されることはあっても、うっかりバランスを崩してあそこから落ちることはない。とにかく、被害者は酔っていた。しかも女の服を着ていた――自殺の条件はそろっているように見えるね』

「現場にチェスの駒は残されてなかったのか？」

『今から話す。コーデイの、服とお揃いのハンドバッグには、彼のアメリカン・エキスプレスのカードと――』

「〝出かける時は忘れずに〟」

『家の鍵、ホテルの部屋の鍵、きれいな白いハンカチ、MACの口紅――気になるなら色はピンクグレイズだ――そしてチェスの駒が一つ、入っていた。クイーンだ』

自分の主張が裏付けられたというのに、まったく、何ひとつ、嬉しくなかった。

ラスティの死が一連の事件と無関係だという可能性が消えたわけではない。なにしろ彼が死んだのは、遠く離れたバッファローだ。だがそれを言い出すと、チェスクラブのつながりもただの偶然だったということになる。ロバートとラスティの死はチェスクラブによってつながっている筈だ――そうでなければ、チェスの駒の説明がつかない。何故死んだロバートの手にクイーンが握らされていたのか。

ロバートの部屋にはチェス盤など見当たらなかった。クイーンの駒は、犯人が残したのだ。自分のサインとして。

僕は口を開いた。

「ロバートが死んだ時、タラがロサンゼルスに来てたと言ってたな？　何でか知ってるか？」

『よりを戻すためだ』

「タラは、こっちに来ていることをロバートには伝えてなかったよ。彼女からそう聞いた」

『彼の家族に取りなしてもらうつもりだったそうだ』

「取りなすって、あの状況で何をどう取りなすんだ。ロバートがゲイをやめるよう取りなすとか？」

『まあそういう話だ』

「それ、信じたのか？」

『ロバート・ハーシーの妹たちからも裏付け証言が取れている』

階下でブザーの音が鳴り、僕はぎくりとした。ブルースが早く到着したようだ。

『聞いてるのか？』とリオーダンがたずねた。

「ん？　ああ、聞いてる。二つ目の話は？」

『二つ目は、お前の母親についてだ』

リオーダンの声が凍りつくような敵意に満ちた。

『母親と弁護士によく言っとけ。お前はここまでは壊れ物なみに優しく扱われてきたってな。こっちはその気になりゃ、どの段階でもお前をひっぱってきて吊るし上げるのは簡単だったんだ。だが、そっとしといてやった。そうだろ？』

「……そうだ」返事は小さく、自分の耳にも聞こえないほどだった。

『ああ、そうだ。言っとくがな、お前がぶちこまれないよう口出ししてやったこともある。だがそれも、署長の妻がお前の母親と同じ動物保護委員会のメンバーだと上から聞かされるまでの話だ。圧力をかけられるのは好きじゃない、よくわかったか？』

全身が冷えきって、氷の彫像にでもなったかのように動けなかった。あまりのいたたまれなさに血が全身から引いていた。

だが、自分は関わっていないと説明する前に、リオーダンの口調がきびきびとした感情のないものに変わり、そばに誰か来たのだとわかった。

『では、そういうことだ』

電話は切れ、僕はブルースを迎えに一階へ下りた。


セレスティーノというイタリアンレストランに行き、テラス席でディナーを取った。混んでいて、肌寒かった。周囲のテーブルでは客たちが会話に興じたり煙草を吸ってくつろいでいたが、僕自身は何杯かワインを飲んだ後でさえ、どこか周囲から浮いているような、地に足が付いていないない違和感が拭えなかった。リオーダンの電話のせいに違いない。そう決めこんで、僕は気を取り直そうとした。

メカジキのカルパッチョ、オレンジとフェンネルのサラダ添え。皿をつつきながら、ブルースに自分のことを語らせようと専念した。仕事柄いつもは質問する側だからだろう、質問される側に回ったブルースは見るからに居心地が悪そうだったが、残念ながらこっちも色々と頭が一杯でいちいち会話につき合っている余裕がない。僕は話の矛先をブルースに向けつづけ、前菜からデザートまでの間に少しずつ彼の生い立ちを聞き出すのに成功した。

僕とは違ってブルースは公立の高校に通い、チャッツワース高校を卒業してカリフォルニア州立大学ノースリッジ校に進学した。僕と同じく、高校三年の時に自分がゲイだと自覚した。僕と違って、クローゼットから出た瞬間――つまりゲイだとカミングアウトした瞬間に、親から縁を切られた。

「今から思えば、家族に打ち明けるのはもっと後にした方が利口だったよ。君のように」

「利口だったからじゃないんだ」僕は彼に打ち明けた。「単に、昔から危ない橋はできる限り渡らない主義だったからだよ」

彼は、しみじみと呟いた。

「いつの日か、俺の家族も理解してくれた筈だと思う。だが両親とも、俺が大学を卒業してすぐに死んでしまってね」

「残念だ……」

ブルースが固い笑みを向けた。

「君の家族はもっと心が広かったんだな。だろ?」

僕は肩を揺らして答える。

「奇妙に聞こえるかもしれないが、母はむしろ、僕がいつの日か妻をつれてくる可能性がなくなってほっとしたんだと思う。若い〝ミセス・イングリッシュ〟と張り合わなくてすむし、自分の立場も安泰になったというわけでね」

僕はブルースが浮かべた同情の表情に、苦笑してみせた。

ブルースはあまり仕事の話をしようとはしなかった。僕の気を損ねるのを恐れるかのように、妙なほど口が重い。何とか先をうながそうとして、僕は適当な相づちを打ち、興味ありげな表情を作った。我ながら、少しやりすぎているくらいだとわかった。

ブルースにもそれが伝わってしまったらしい。

「君を退屈させてるね、俺は」

「そんなことはないって！」

彼の微笑は悲しげだったが、おだやかな顔立ちを引き立てていた。

「いいんだよ。俺だって自分に退屈するくらいだから」

「そうじゃない、ブルース。ただ色々なことで頭が一杯で」

「君らは恋人だったのか？」

「誰のことだ？」

「君と、ロバート・ハーシーだよ」

「いいや。……もう、遠い昔のことだ」

その話はしたくなかった。一人で向き合うしかない思い出もある。

「じゃああっちの彼とは——なんて名前だったかな。ピエーレ？」

「クロード？　ラ・ピエーラだよ。いや、彼は——」僕はふうっと息を吐いた。「本当にいい友達だった。あの時、やっぱり……」

「やっぱり?」

真面目な、黒い目が、僕をじっとのぞきこんだ。

僕は首を振る。そのことも言いたくなかったし、後悔を知られたくもなかった。あまりいい気持ちの傾き方とは言えない。ブルースがワインボトルを持ち上げたが、僕は手で自分のグラスに蓋をした。

彼が眉をひそめる。

「気分でも?」

「まあ、親しかった友達が二人も殺されてるからね」

「その事件は……つながってるんだよな」

「勿論」

「君に、ということだよ、つまり」

「僕に?」

ブルースは重々しくうなずいた。

「二人の共通点は君の存在だろう——それとも、ほかに何か思いつくものはあるかい?」

僕はブルースを見つめ返したが、目の前に浮かんでいたのはロバートの姿だった。

共通点。ロバートと僕の共通点とは何だ?

二人ともゲイだ。同い年で、白人。高校の同級生。高校では同じチェスクラブに所属してた――テニスクラブにも一緒に入ったし、色々な授業を一緒に受けた。共通の知り合いにはクロードがいる。タラもいる。ほかにも大勢の知り合い。

それで？

実のところ、ゲイであることと同じ高校へ行ったことを除いてしまうと、ロバートと僕の共通点などほとんどないのだった。

黙りこんだ僕へ、ブルースがそっと言った。

「何かあるだろう……そうじゃないか？」

その声も、考えこんだ僕の耳にはほとんど入っていなかった。クロードはロバートの相手を本当に知らなかったのか、それとも僕の問いをはぐらかしただけだったのか？　どちらとも考えられるが、やはり知らなかったのかもしれない。ロバートの相手が誰であれ、そのつき合いは秘密裏で短いものだった筈だ。周囲に気が付かれないほど。

クロードは、リオーダンがロバートを殺したと言い張っていた――リオーダンに自分も殺されるとも言い張った。

どうにも話がうまくつながらない。ロバートとクロードを殺したのが同じ犯人だと決めこむのは危険だろうか？　ロバートの殺人犯が僕のストーカーでないなら、僕の仮説は元から成り立たなくなる。

犯人は、何故クロードを殺した？　何故、僕をすぐに殺さない？

あの花束とレクイエムのＣＤは僕への殺人予告なのか。ロバートにもあの手の素敵な贈り物が届いていたのかどうかは知らないが、ロバートにはストーキングを受けたり、身の危険を感じていた様子はなかった。もしかして、僕は今、彼よりもさらに危ない立場にいるんじゃないだろうか。

ロバートもクロードも、ストーキングはされていなかった。それなのに二人とも殺された。僕はストーキングされているが、生きている。……今のところは。

ブルースが、辛抱強く返事を待っているのに気付いて、僕は口を開いた。

「多分、君の方がくわしいと思うよ」

「俺はこの事件からは手を引いたんだよ、言ったろ？　個人的感情が邪魔をしてね」

その邪魔を、ブルースがうとましく思っている可能性はあるだろうか。彼は、自分のキャリアのためにどこまでやる？　この男をどこまで信頼していいのか——。

僕は唐突にたずねた。

「チェスはする？」

ブルースが微笑する。

「やるよ。君は？」

「もう何年もやってないな。ただ、考えてたんだ——チェスに、何か隠された象徴的な意味があるのかどうか」

「たとえば？」

「それがわからないんだよ」

僕は溜息をついた。髪をかきまぜる。くたびれていた。そして飲みすぎていた。今夜もまた。

ブルースがじっと僕の目をのぞきこんだ。「何か、俺に言ってないことがあるね」

「ただ……考えてただけだよ」

「話してくれ」

今さらだったが、リオーダンにぺらぺらしゃべるなと警告されたのを思い出していた。

「いや、いいよ」と僕は腕時計を見る。あくびをこらえた。

「ここから出ないか、アドリアン？」

ブルースが不意にそう言った。


レストランから書店に着くまで、ほんの数分のドライブだった。

車内にしばらく静寂が落ちた後、ブルースが呟いた。

「今夜は、こういう予定じゃなかったんだがな」

「楽しかったよ」

沈黙が落ちる。やがて、彼はおずおずとたずねた。

「なあ、うちに来ないか?」


車はブルースの家に向かった。彼の家はチャッツワースの閑静な住宅街にあり、あたりには茶色と黄色を基調にした牧場《ランチ》スタイルの家がゆったりと建ち並んでいた。

ブルースの家の芝生はのびすぎているし、花壇にはタンポポが生え、引き込み道の舗装はガタガタだ。ブルースにつれられて、僕は暗い家の中へ入った。芳香剤と猫の匂いがして、鼻がむずむずした。

「散らかっていて悪いね」

と、彼は歩きながら次々と電気をつけて回る。

散らかっている?

まさか。それどころか塵ひとつなかった。室内の様子は、予想を完全に裏切っていた。ボウルに飾られた作り物の果物、エキゾチックだが安っぽい数々の絵。育児書、ハーレクインロマンス、古くて使い物にならない百科事典が詰まった本棚。ガラス扉のキャビネットの棚は大量のピンク色の脚付きグラスで埋まっていた。買い物のおまけについてくるような冴えない代物で、ブルースが趣味で集めているようには見えなかった。

「ワインを一杯どうだい？」

これ以上酔ってどうする、と僕は頭の中で呟いた。口に出しては「もらうよ」と答える。

写真が数枚入るタイプのフォトフレームが壁の至るところに飾られていて、どの写真もアメリカの中流階級の理想的な一家の姿を写していた。パパ、ママ。可愛らしい女の子の、お下げの幼少時代からウェディングドレス姿に至るまでの成長記録。犬や猫たちの写真まで飾られていたが、ブルースの写真だけは一枚もなかった。壁紙には四角や楕円の跡が残っていて、そこに一度はブルースの写真が下がっていたのだろうとわかる。

「君の両親の家かい？」

僕は小さな人形を手に取った。女の子のスカートを犬が噛んでひっぱっている人形だ。

「ああ。まだ、なかなかガラクタを片付ける時間がなくてね」

ブルースはそう説明した。また僕の表情を読んだらしい。歩みよって、僕にワインのグラスを手渡した。

互いのグラスをふれあわせる。

ブルースが、僕にキスをした。


月光のあふれる寝室で、ブルースは平穏に眠りつづけていた。

僕は彼の腕を慎重にほどいてベッドからおりると、窓際に歩みよって、冷たい窓ガラスに手のひらでふれた。

眼下に見える庭は、どこかなつかしく見えた。典型的な南カリフォルニアの庭で、子供の頃よくこういう庭で遊んだものだ。パティオの中心にはサボテンが植えられて、バーベキューの道具が据え付けられている。のび放題の雑草の中で錆びついたブランコが月光に照らされ、枯れた茂みの向こうに空っぽの犬小屋の屋根がわずかにのぞいていた。

こういう庭では、家に沿って細い脇道が作られているのが普通だ。家の前から横玄関の前を通って裏庭に出られる通り道で、両側にヤシの植木鉢が点々と置かれていたりする。

「何を考えているんだ?」

背後からブルースが囁き、僕はぎょっとした。

彼の手が肩にかかる。温かい。重い。

「何でもないよ」

「また悪い夢かい?」

ブルースの声は低く、まるで、まだどこかで両親が聞いているのではないかと恐れる子供のようだった。

僕は首を振る。

彼が肩にキスをした。「君は本当に美しい」

不意に、僕の喉に何かが詰まったようだった。

「ブルース――」

「君がここに来てくれて、嬉しいよ。本当に長い間、君を待っていた……君が俺のそばにいてくれればいいのにと。こんなふうに」

ブルースに導かれてベッドに戻った。

二人で横たわり、互いの体に腕を回す。ブルースの体温は、もうすっかり僕の肌になじみはじめていた。

気持ちも同じように、なじめばいいのにと思う。もっと自然によりそっていられたなら。

そんなやましい気持ちを、僕は押し隠す。ブルースがしがみつく腕がきつすぎると感じる気持ちも、彼の切羽つまった喘ぎに奪われてこちらの息がつまる圧迫感も。優しさを求めている時に彼が荒々しくなり、強引になってほしい時にためらう、二人の間の違和感も――。

「何を考えてる？　聞かせてくれ」

「何も考えてないよ」

「君を愛してる――」

ブルースが耳元でそう囁いた。僕は素早く首を傾け、彼の言葉をキスでふさいだ。

やっと家に帰りついた僕の前で、留守番電話の赤いランプが不吉に明滅していた。疲れ切っていたが、嫌な予感がして再生ボタンに指をのばす。

『一体どこにいる！』

リオーダンの口調の激しさは——単なる怒り、という以上のものだった。

『帰ってきたらすぐ電話しろ。何時だろうとかまわん！』

続けて、知らない番号を二つほど並べ立てる。

何時だろうとと言ってはいるが、朝の五時半はきっと論外だろう。それに、リオーダンの相手をするだけの気力がもう残っていない。

服を脱いでベッドにもぐりこむと、ひんやりと快適なシーツの感触に素肌が包まれた。ベッドが回り出す。僕は目をとじた。意識が途切れた。


驚いたことに、ミスター・アトキンス——チェスクラブの顧問から本当に電話がかかってきた。「昔の生徒たちに会うのは大好きだよ」と言うので、トパンガキャニオンのデニーズで昼食を一緒に取ろうと約束した。

ミスター・アトキンスは、一目でわかった。青いだぶだぶのウールのベストと、色をコーディネートしたかのような青いレンズの眼鏡。そう言えば彼は昔から、様々な色合いの青いベストを着ていたものだった。以前に比べて髪は少し薄くなっていたが、まだちゃんと長さはある。高校生だった僕にとってミスター・アトキンスは前世紀の化石のような存在だったが、思えばそんな年寄りだったわけがない。今でも六十歳そこそこに見えた。

「このデニーズには、よく早朝のセットを食べにくるんだ」

片目をつぶってみせ、ミスター・アトキンスは紅茶に二本目の砂糖をざらざらと入れた。

「早期引退の素晴らしさはこれだね。まだ人生を楽しむだけの体力に恵まれている」

注文をすませ、料理を待つ間、ミスター・アトキンスが口を開いた。

「ロバート・ハーシーのことを聞いたよ。悲しいことだ。新聞記事を見て、妻にも言ったんだよ。あれほど利発で堂々とした生徒だったのに、何たる損失かとね」

「何を言い出したかと思われるかもしれませんが——」と僕は、塩の容器を並べ直しながら言った。「ロバートが殺されたのは、高校のチェスクラブでの出来事が原因かもしれないんです」

「本気で言ってるのかね？」

ミスター・アトキンスは鼻の上に眼鏡を押し上げ、眉根を寄せた。

「本気なんです。ラスティ——リチャード・コーデイも、死んでます。不審な状況で。ラスティもロバートも、死んだ時、その……チェスの駒と一緒でした」

「チェスの駒と一緒？」

ロバートの手に握られていたクイーンと、ラスティのバッグの中に入っていたクイーンのことを説明すると、ミスター・アトキンスが驚きに眉を吊り上げた。

「それはまた。コーデイのことは学校中知らない者がなかったが、ハーシーもだったのかね！実に信じがたいことだ、なんとハーシーがホモだったとは」

そこでじろりと僕を眺めて、彼は不意に理解の色を浮かべた。

「……君もか」

と失望したように呟く。

いつか、こんなことでは傷つかずにすむ日がくるのだろうか。

僕は固い口調で説明を続けた。

「重要なのは、たった六人のチェスクラブのメンバーのうち二人が死んでいるという点で、偶然とは思えないんです」

「悪く取らないでほしいのだがね。モラルなどすでに息絶えた時代ではあるが、それにしても、そのような生き方は不健全だとは思わないのかね？」

言い返したい言葉なら山ほどあった。だがどれひとつとして、彼から情報を聞き出す助けになりはしない。

ウェイトレスが昼食の皿を運んできた。彼女が立ち去るとすぐ、ミスター・アトキンスが言った。

「ともあれ、君の考えは的外れではないかと思うね。たしかにあの当時であれば、殺人に至りかねない火種が存在したとも言えるが——。昨今のニュースにもあふれているように、思春期の若者というのはひどく不安定な心を抱えているものだからね」

「一体、何があったんです」

「君もいただろう？　ああ——そうか、君は単核症《モノ》か何かで入院していたんだったか」

「ええ、退院して学校に復帰した時には、もうチェスクラブは解散していて。あなたが顧問を辞めたからだと」

「そうだ。そうするしかなかった。恥ずべきことだ！」

　ミスター・アトキンスはしみじみ首を振り、フライドポテトをつまんだ。

「とにかく、ごく単純な出来事だ。チェスクラブが出場した市の学校対抗トーナメントで、グラント・ランディス——あの愚かな生徒がイカサマをしたのだよ。とにかく、イカサマをやろうとした。不正な手を指した直後にチェス盤をひっくり返したとか何とか、そんな馬鹿げたやり口だ。チェスでイカサマなどできやしない。少なくとも、あんなやり方は通用せんよ」

「どうなったんです？」

「クラブは失格処分を受けた」彼は顔をしかめた。「ほかの生徒たちは恥をかかされて、怒っていた。当のランディスは——うむ、あれは哀れな子だったよ。あの子はただ、皆の仲間に入りたかっただけなんだ。皆に受けようとして空回りしてしまう子がいるだろう？　誰かが一度笑ってくれたというだけで、同じジョークを幾度もくり返し、しまいには人からうんざりされるような。やればやるほど一番認めてほしい相手から嫌われ、馬鹿にされてしまう。君の仲良しのハーシーのような生徒からな」

僕は、ランディスのことを思い出そうとした。ロバートと一緒に、ランディスの家に一度か二度、グループ勉強会のために行ったことがあるような気がする――だがランディスの顔を思い出すことはできなかった。黒髪、と思う。もじゃもじゃで時代遅れの髪形の、黒髪。それに多分、眼鏡。

「それで、あなたはチェスクラブの顧問を辞めたんですか？　ランディスをクラブから辞めさせればすんだ問題のように見えますが」

「ランディスはクラブを辞めたよ」

ミスター・アトキンスの中に、苦い記憶がよみがえってきたようだった。

「子供というのは……残酷なものだ。集団の中で弱みを見せると、残りの全員がとびかかり、弱い者を食い尽くしてしまう」

「それで片付いたんですか？　クラブの仲間がランディスを叩き出し、あなたが顧問を辞めて？」

また、ミスター・アトキンスがフライドポテトをつまみ上げた。

「ほかにも何か起こったんですね、そうでしょう？　話してもらえませんか。重要なことかもしれないんです」

「だが、もうずっと昔のことだよ」

物思いにふけりながら、彼はフライドポテトを噛みしめている。

「ランディスはどうなったんです。僕は、三年生の彼を見た覚えがない」

「転校したよ。公立高校に」

青い眼鏡の向こうでミスター・アトキンスがわずかに僕と目を合わせてから、さっと視線をそらした。僕はさらに重ねる。

「ミスター・アトキンス、ただの好奇心から聞いてるんじゃないんです。聞かなきゃならないことだから聞いてるんです」

ミスター・アトキンスはフライを食べ終え、自分なりの決断に至った様子で、口を開いた。

「仕方ない。トーナメントの騒動から一月後、ランディスが図書館の帰りに襲われたのだよ。ランディスはやせっぽちだったが、それなりに背は高かったし力もあったから、襲った方は集団だった筈だ。とにかく連中はランディスを押さえつけて頭髪も体毛もすべて剃り上げると、顔にメイクを塗りたくり、ワンピースを着せ、その様子を写真に撮った。あの馬鹿どもは、そのランディスの写真を学校中にばらまいたのだ」

どんなことになったのか、想像しようとしながら、僕は何も言えなかった。

「勿論、大騒ぎになった。理事会から警察まで巻きこんでな。だが結局、犯人はわからずじまいだ」

「ランディスは、誰にやられたかわかっていた筈でしょう」

「彼によれば、犯人たちはマスクをかぶっていたそうだ。本当かもしれないが、私は当時から、どうもランディスが嘘をついているんじゃないかと思っていたよ。相手が誰だか知っているのではないかとね。だがそれが何になる？　犯人を告発したところで、ランディスの高校生活が楽になるわけじゃない」皮肉っぽくつけ足した。「今の時代、彼のような子は銃を手に学校へ乗りこんでくるだけだ」

「あなたは、チェスクラブのメンバーが犯人だと思ったから顧問をやめたんですね。根拠はなんです？　どちらかと言うと、いかにも体育会系《ジョック》連中の馬鹿な悪ノリのようなやり口ですが」

「チェスクラブは馬鹿な体育会系《ジョック》の集まりだったさ」

ミスター・アトキンスが指摘した。

「ハーシーはテニス部だし、そういえば君もそうだったな。フェリシティだったか、そんな名前の女生徒は女子ソフトボール部の輝かしいスターだった。アンドリュー・チンは潜水の選手だ」

「リチャード・コーデイは？」

「コーデイ？　ひょろひょろした、赤毛の男おんなか？」そう口にしたところで、ミスター・アトキンスは僕の表情に気づいた。「失礼。だが実にオカマっぽい子でね」

僕は返事をしなかった。

大したものだ――当時はまったく気付かなかった。教壇で教鞭を取っていたあのミスター・アトキンスが、一皮剥けばこれほどの偏見に満ちていたとは。公平で寛容な、理想の教育者のように見えていたのに。

考えを整理しながら、僕はのろのろとひとりごとのように呟いた。

「ロバート、リチャード、僕の三人がゲイだった。ロバートと僕が認めていたわけではなかったけれども――まだあの頃は……お互いに対してすら。二人でしてたことも――」

ミスター・アトキンスがきまり悪そうに咳払いをし、僕は我に返った。彼にたずねる。

「ランディスはゲイだったんですか？　もしかして、アンドリュー・チンも？」

「あの年頃の子供たちは、自分が何者なのかなど自分でもわかっておらんよ」

「でもランディスは女装させられて写真を撮られてますよね」

「それが、彼がホモだったことを意味してるとは限らん」

「そうだったとは考えられませんか？　それが誰かからの警告――チェスクラブへの、ゲイ・バッシングだったとは」

「違うね」

「随分と自信があるんですね」

「何年か教職についていれば、嘘を聞き分けられるようになるものだ。誰がやったのか、何故やったのか、それはわからん。だがチェスクラブの学生たちがランディスを晒し者にしたのはたしかだ。あの写真は新聞部の機材を使って現像されたものだった」

　ロバートは新聞部だった。

　高校二年、僕が病気から徐々に、だがのろのろと回復していたあの幾月もの間、ロバートが何故チェスクラブのことは僕に話してくれなかったのか、やっと真実が頭に染みこみはじめた。学生の頃からずっと、ロバートは耳の痛いことを言われるのが大嫌いだった。

　ミスター・アトキンスがフライドポテトの最後の一本を食べた。

「そうは言ってもな、君の考えは的外れだよ。ロバート・ハーシーの死とチェスクラブのことに関係があるとはとても考えられない」

「どうしてです」

「ハーシーへの——動機——を持つのは、ランディスだろう？　うむ、ランディスは死んだよ。高校を卒業してすぐのことだった」

14

——今夜、どうしても君に会いたいんだ。

留守番電話から再生されてきたのはそのブルースの言葉だった。

僕は早送りのボタンを押して、彼の残りの言葉をとばす。テープがどんどん回った。随分と長いメッセージだったようだ。

ほかには三回、無言でぶつっと切れた通話。それからリオーダンの無愛想で簡潔な『戻ったら電話しろ』。

僕はハリウッドエリアの犯罪捜査局に電話をかけ、殺人課につないでもらった。何回かあちこち回されたあと、ついに目当ての王子様が電話口に出る。

『はい？　こちらリオーダン』

「僕だよ。アドリアン」

文法的に不正確に、そう名乗った。

『一体今まで――』リオーダンがぴたりととまる。短い沈黙の後、『少し待て』

電話はまた保留になった。しばらくたってから、リオーダンがまた電話口に戻る。

『まだ聞いてるか？』

「随分手間取ってたな。逆探知の準備か？　家からかけてるよ」

『昨夜《ゆうべ》電話しろと言っておいた筈だ』

「帰りが遅かったんだ。今朝電話したけど、そっちがいなかったじゃないか」

『いいから黙って話を聞け』

「それが人に物をたのむ態度かな……」

沈黙が落ちた。

僕は耳をすます。リオーダンも黙りこんだまま、何も言わない。

「なあ、テレパシーで話しかけてるんじゃないよな？」

『やかましい』

リオーダンは歯をくいしばるようにしてうなった。

僕はおとなしく口を閉じた。沈黙の世界へようこそ——だがこの男は慣れているだろう。暗く狭い世界にとじこもり、誰にも言えない秘密をずっと抱えこんできた男だ。

リオーダンがひどく抑えた声で言った。

『いいか。落ちついて、慌てずに聞いてくれ。俺が思うに、多分お前が——次の被害者だ』

「はっ？」あまりにもリオーダンらしからぬ、物静かなほどの口調が余計に僕の恐怖をかきたてた。「だからそう言ってただろ！」

『ああ。悪かったと思ってるよ。まあ、多少はな』

「やっとか」

散々自分が言い張ってきた仮説ではあるがいざこうして現実になると、突如として納得のいかない、理不尽な気分がこみ上げてきた。

「どうして僕が……次、だと思うんだ？」

『あのチェスクラブの件だよ。俺は丸二日、あれを掘り返してた』

「それで?」

『全員死んでる』

体の内側に激しい一撃をくらったかのような衝撃だった。僕は、何とか言葉を押し出す。

「メンバー全員?」

『お前以外の全員だ』

思わず目をとじていた。

「どうやって?」

『ランディスは自殺した』

「高校を卒業してすぐ。それは知ってる」

『アンドリュー・チンは三年前の交通事故で死んでいる。乗っていたBMWのブレーキがイカれてな』

「コーデイは、何ヵ月か前にバッファローのホテルから落ちた」

『ああ、だが決め手になったのはバーンズの件だ。ドクター・フェリス・バーンズは二年前、勤務先の病院の駐車場でめった刺しにされて殺されている』

僕は鋭く息を呑んだ。「どうして警察がこの関連に気がつかなかったんだ?」

『その時には結びつけるだけの材料が何もなかった。バーンズが死んだのはカリフォルニア州内ですらなかったしな。彼女はシアトル在住だった』

限られた時間で、リオーダンはかなりの情報をかき集めてきたようだ。コネがあるか、顔が利くのだろう。

僕はのろのろと言った。

「手段が変化しているのはどうしてだ？　刺殺や、ブレーキラインの切断——」

『チンの車のブレーキラインが切断されていたと何故わかる？』

「僕がこの手で切ったからだよ！　そう言えばいいか？　勘弁してくれ、推測だよ！」

『素人探偵はお気楽でうらやましいね』

「どうせあんたは、その素人が正しくてプロの自分が間違ってたからムカついてるだけなんだろ？」

勝利の甘さを一瞬だけでも味わおうと、そう言い返していた。

『ああ、これから一生このあやまちを背負って生きていくさ』

リオーダンの声は皮肉っぽく、申し訳なさなどかけらも感じられない。

「アンドリューの車にはどんな仕掛けがあったんだ？」

『そもそも事故でないとは一言も言ってない。事実、調べた限り、彼の事故に不審な点はない』

「そんなわけがない——」

『がっかりさせたくはないが、世の中にはただの交通事故も存在するんだ』

「そしてその大半は自宅の八キロ圏内で発生する。じゃあ、フェリスの方はどうなんだ？　まさか、うっかりめった刺しにされただけの事故だとは言い出さないよな？」

　まるで忍耐力の限界をためされているように、リオーダンが言葉を絞り出した。

『明らかに、フェリス・バーンズの死は殺人だ。そして明らかに、これは偶然と言える域を越えている。だが言っておくが、アンドリュー・チンの死体や所持品の中にチェスの駒はなかったぞ』

「警察が見のがしただけかも」

『捜査で見のがすような代物じゃない』

　身内の無能を匂わされたのが腹立たしいのか、リオーダンはひえびえとした口調で言い返した。

「じゃあどういうことだ？　彼らの死は無関係だと？」

『早まるな、イングリッシュ。刺殺されたフェリス・バーンズの鞄の中からはチェスの駒が見つかっている。黒いナイトだ』

「何で黒？　何でナイト？」

『個人的な推測だが、まずバーンズはアフリカ系アメリカ人だった。黒人だ。第二に、彼女はホモセクシュアル《クィーン》ではなく、同性愛者《レズビアン》ですらなかった。彼女は小児科医と結婚して子供を産み、幸せな家庭を築いていた。ナイトは何かを象徴しているのかもしれない——何らかの侮辱。男をのっけるのが好きな女だという意味だとかな。まあどうせ、頭のイカれた奴の考えることだしな』

「わけがわからないよ。全員死んでるなら……誰が犯人なんだ？」

僕は、ミスター・アトキンスから聞いてきたチェスクラブ解散の秘密をリオーダンに話した。彼は、僕が何もかも話してしまうまで、こちらが落ちつかなくなるほど静かに聞いていたが、言葉が途絶えるとひどくおだやかに口を開いた。

『素人にしては大したもんだ、イングリッシュ。ほめてやる。だがよく聞け――真剣に聞くんだ。ここから先は俺にまかせろ。お前はもうその首をつっこまずにおとなしくしていろ、わかったか？　ちゃんと聞こえたか？』

たとえ首をつっこむ気があっても、手がかりはすべて行き詰まっている。だがそれでも、僕は思わず言い返していた。

「そうおっしゃるけど、こっちは次の血祭りリストにのってるんだよ。わかってるか？」

『ああそうだ。だが規則を破ってこれだけの内部情報を教えてやったのはな、これだけ知っていればお前が自分で身を守れると思ったからだ。作家気取りで探偵の真似事をしてもらうためじゃない』

「身を守る？　どうやって？」

『おとなしくして、後は警察にまかせるんだ』

思わず立てた笑い声は、刺々しかった。リオーダンにも聞こえた筈だ。

「そりゃいいね。昨日まで僕を殺人容疑者か被害妄想のホモ扱いしてきた警察におまかせしなきゃいけないのか。悪いけど、今さら信用——」

リオーダンがさえぎった。

『ああ、すまなかった。これでいいか？　これは殺人の捜査なんだ、人の気持ちまで構ってはいられないんだよ。くそっ、何で俺がわざわざ言い訳してるんだ』

こっちに言われてでも。

僕が黙っていると、リオーダンは冷静さを取り戻して続けた。

『おそらく相手は連続殺人犯《シリアルキラー》だ。そしておそらく、次のターゲットはお前だ。まだ俺の勘にすぎないし、上はこれだけじゃ動いてくれないがな。それに、アンドリュー・チンの事故死とクロード・ラ・ピエーラ殺しの二つはパターンから外れている』

「つまり、現状は——」

『警察が犯人を挙げるには適正な手順と証拠が必要だ。現状は、わかるだろ。容疑者すらいないだろう、チェスクラブの最後の生き残りが。つまり、僕が。

リオーダンの言葉のはしばしから、彼が言わずにいることが聞こえてきた。まだ警察上層部は僕を殺人容疑者と見なしているのだ。その僕に身の危険が迫っていると言ったところで、真剣に受けとめてくれるわけがない。

ないってことか」

「つまり現状は、僕が切り刻まれて路地で発見されない限り、警察は真面目に取り合ってくれ
『つまり――とにかく、気をつけろってことだ』

「永遠に家にとじこもっていろってのか？　無理だよ！　それにどこに逃げても無駄だ、そうだろ？　犯人はバッファローまでラスティを、シアトルまでフェリスを追っかけてるんだ」

『銃は持ってるか？』

「まさか！　持ってないよ」

『まあその方がお前はいいかもな』リオーダンは乾いた口調で言った。『誰か身をよせられる相手はいないのか？　そうだ、母親のところに行けよ。あの家のセキュリティは国防総省《ペンタゴン》顔負けだ』

いっそ殺してくれ。

「どうもありがとう、でも母親をシリアルキラーの盾に使うような真似はしたくないんでね」

『たしかにシリアルキラーにも気の毒だな』リオーダンが呟いた。『とにかく、良識に従って行動しろ。これまでの被害者は何も知らない状態で不意打ちされたんだ。お前は違う。一人でいるつもりなら鍵をしめて電話を手元に置いておけ。路地には入るな』

「どうもありがとう」僕はむっつりと答えた。

『二時間に一度、パトロールの車にあたりを巡回させる。わかったか？』

「素晴らしい」

『どこにも行くなよ。行くなら俺に知らせてからにしろ。どこであろうとだ』

「おおっと」思わず口をついて出ていた。「そこまで口説かれちゃ仕方ない。いつまで僕を軟禁しておけばご満足？」

応じた沈黙は、まるで耳をつんざくように感じられた。この刑事にはユーモアセンスがない。沈黙はやっと、リオーダンの声で破られる。言って聞かせるように、

『今、ひとつ手がかりがある。これから裏を取る。結果は後で知らせる。それでいいか？』

「嫌だと言ったら？」

くぐもった笑いが聞こえた。『お前はうまくやれるさ。だが何か気になることが起こったら、警察に通報しろ』

その後は、何事もなく一日がすぎていった。だが時間の経過とともに緊張感は高まっていくばかりだった。

空は青く、鮮やかなほど晴れていたが、空気はぴんと張っていて嵐の前兆が感じられた。夕方近くになると風も強くなってきた。書店の古い建物が憂鬱そうな呻きを上げる。僕も呻きたい気分だった。

オフィスの引き出しを開けると、なくなっていたペーパーナイフが出てきた。オフィスでは一度も使ったことがないのだが。とにかく、店を荒らした犯人が持ち去ったという仮説はこれで脆くも崩れた。

ペーパーナイフを見つけたことを知らせたが、アンガスは目を合わせようともしなかった。僕は彼を早上がりさせるとドアまで送っていき、書店に鍵をかけた。格子戸も閉め、車に乗りこむアンガスを見送る。

アンガスのフォルクスワーゲンがエンジン音を立てて走り去ってしまうと、すぐに不安になってきた。かすかな建物のきしみにも背後をはっと振り返り、暖炉の上の鏡に映った自分の姿にぎょっととび上がる。

殺人鬼をつかまえるまで、このまま何年もかかったら？　ゾディアック・キラーなんか何十年もつかまっていないのだ。テレビは迷宮入り事件を扱う番組であふれている。

しかし、僕が狙われる理由がわからなかった。あの事件の時だって入院中だったのに！　と頭の中で反論する。もしそこにいても、ランディスを襲って晒し者にするような真似には加担しなかった。

もしかしたら僕をストーキングしている犯人は、僕がその場にいたと勘違いしているのだろうか。それとも殺しを重ねるうちに楽しくなってきて、そんなことはもうどうでもよくなっているとか、まともな理屈で計れないくらいネジがとんだ殺人鬼なのか。

ふと、ミスター・アトキンスの「ひどく不安定な心を抱えている思春期の若者」という言葉がよぎって、僕はランディスの身に振りかかった出来事をしみじみと考えこんだ。あまりにも残忍で、酷《むご》い行為。その片棒をロバートがかついだなんてとても考えたくなかったが、ロバートらしくもあった。勢いでやってしまった後、大人になってからの彼はそのことを深く後悔していた筈だ。ロバートは人を傷つけるのが好きだったわけではない――ただ何も考えずにはずみでやってしまう、そういう男だった。

哀れなランディスは、それから死ぬまで、どうしていたのだろう。思春期の若者はあらゆる傷を強烈に受けとめる。そして過剰に反応する。もしランディスが生きて大人になっていたなら、今ごろは事件の記憶も風化し、人生の一ページとして遠い思い出となっていたかもしれないのに。若い頃の痛みがすべて大人になれば消える、というわけではないけれど。

ブルースのことを思った。カミングアウトして、両親に否定された彼の痛みを。僕自身、何かで母から向けられた悲しげな言葉を今でもまざまざと覚えている――「お父様が生きていらしたら、さぞやあなたにがっかりしたでしょうね、アドリアン」と。何について言われたのかはもう忘れているのに、父が息子として僕を恥じるかもしれないと、そう信じた一瞬の痛みだけは鮮やかに残っていた。

時は、傷を癒す。……受け入れることさえできれば。その一歩こそが難しい。

ランディスは自殺した。その心を誰が知るだろう。ワンピースを着せられたからといって、彼がゲイだったとは限らない。青少年の自殺者の三分の一がゲイではあるが。事実がどうであれ、ランディスはあんな辱めを受けた痛みと衝撃を乗り越えることができなかったのだ。

自分の高校時代を思い出そうとした。独特の上下関係に支配された狭い世界、そこに交錯する優越感や劣等感、思春期特有の純粋さと激しさ。こうして過去のこととして振り返ると、あの時代、僕は皮肉な観察者という立場を取ってみせることで同級生たちと距離を隔てていたのかもしれない。

まったくお前は嫌みな野郎だな、とロバートからもよく言われたものだった。まるで称賛するかのように。


夕食用に缶詰を開けている最中に、ブルースから電話がかかってきた。そう言えば、彼が残した留守電のメッセージを聞くのを忘れていた。

『今日一日、どこにいたんだ！　何で電話してくれなかった？』

開口一番、ブルースは詰問してきた。

「手があかなくてね」

そう答え、僕は自分がどういう状況に置かれているのか、簡単にブルースに説明した。ブルースは苛々した様子で聞いていたが、話が終わると言った。

『一人でいちゃ駄目だ、アドリアン』

「大丈夫だよ」

思い出と恐怖と向き合いながら一晩すごすぐらい、できないことはない。

『君に会いたいんだ』

「ブルース……」

『行ってもいいだろう?』

「今夜はよしておくよ」なるべくやわらかく断ろうとした。「早く寝るつもりだし」

『声が変だ。何が駄目なんだ? 一緒にいたって、早く寝ることぐらいできるだろう。なあ、いいだろう。ただ君のそばにいて、君の面倒を見たいだけなんだ』

ねえ、あんたは誰か面倒見てくれる人が必要よ、可愛い子ちゃん《マベル》。

クロードの亡霊が耳元で囁く。目が涙で熱くなるのを感じた。

「ブルース――」おだやかに言おうとした。「今夜は一人でいたいんだ。くたくたなんだよ」

『君は何で俺をつき放そうとするんだ――』

「違うよ。なあ、ブルース……」深く息を吸って、続けた。「そんなに急かさないでくれないか」

一瞬の間があった。それから、

『どういう意味だ?』

「つまり、僕にはもう少し時間が必要なんだ」

『距離だろ——君がほしいのはお互いの距離だ』ブルースの声には苦々しい響きがあった。

「別に悪いことじゃないだろ？」

『どうせなら本音をはっきり言えばいいじゃないか』

「今言ってるんだよ」

『違うだろ。もし君の気持ちが本物なら、時間も距離もほしがらない筈だよ。俺といつも一緒にいたい筈だ——俺が君のそばにいたいのと同じように、君も俺を思ってくれる筈だ』

その理屈が正しいのかどうか、僕にはわからない。ただ低く言った。

「ブルース、そう決めつけないでくれ。たかが一晩だけのことで」

『君にとってはな！』

電話がぶつっと切れた。

心の癒しを求めてビデオの棚をあさり、僕は最終的に一九四〇年のエロール・フリンの傑作〝海の鷹〟を引っぱり出した。今のような時代、残念ながら神はもはやエロール・フリンのような男をこの世に生み出しはしない。僕は麦芽飲料《オバルチン》の中にブランデーを注いですすった。

ふむ、悪くない。

二杯目は、ブランデーの中にオバルチンを注いだ。

目を覚ますとまだ電気がついていて、テレビはコマーシャルをわめきたて、耳の中には電話のベルの残響がこびりついていた。

数秒、そこに横たわったまま、僕は天井を見上げてまばたきし、果たしてあの音は夢だったのかと自問した。

その時、また電話が鳴り出す。

カウチから転げ落ち、僕は電話にとびついた。誰からの電話だと思ったのかは自分でもよくわからない。受話器を持ち上げ、適当な返事をあえいだ。

死んだような静寂。

うなじの毛が逆立った。心臓がはね上がる。

「もしもし?」

できるだけ何事もないかのように、平静な声を出そうとした。一言でやめておくべきだったのだろう。くり返された言葉はまるで、陳腐なホラー映画で怯えている登場人物のように響いた。もしもし?　もしもし?　常識ある人間ならさっさと切ってベッドに戻るべきところだ。

僕も、電話を切った。

すぐにまたベルが鳴り出した。

受話器を取り上げる。重い息づかいが聞こえた。

『アドリアン……』

しわがれた囁き。馬鹿げてると思いながらも、心臓が激しく、恐怖の鼓動を刻みはじめた。この瞬間まで、出た途端に切れる電話や息づかいだけの無言電話は事件とは無関係なのだと――ただの偶然だと、きっと心のどこかで思いたがっていたのだろう。

『アドリアン。……お前を殺す』

そして、相手は電話を切った。

フィンチ家のディナーの席で、僕はジーンに打ち明けた。ここのところ変な電話がかかってくるんだよ、と。

常に現実的なジーンはあっさり答えた。

番号通知サービス入れてる？　ならコールバックしてみたら？　＊６９を押すの。

番号通知サービスには入っている。知らない番号だが。

僕は＊６９を押した。

電話は鳴り、さらに鳴って、それから――雑音と――陽気な歓声。にぎやかなバーかどこか、それともテレビの音か。

『――もしもし？』

ブルースの声が、疑わしそうにたずねた。

僕は電話を切った。

精神的な大爆発に打ちのめされてから二分後、また電話が鳴った。手がほとんど勝手にのびて、電話を取る。

沈黙。

僕は何とか、言葉を押し出した。

「――ブルースか？」

『アドリアン？』

もうすっかり聞き慣れたブルースの声。だがもはや、それはまったく知らない相手の声のように聞こえた。

電話の向こうで彼が考えこんでいる気配が伝わってくる。僕の反応を読もうとしている。無言電話の犯人が自分であると見抜いたのだろうと。もうすべて知っている筈だと――僕が、気付いている筈だと。それなのに何故、僕が何も言い出さないのかと。

僕は深く息を吸いこみ、口を開いた。

「その――君だといいなと思ってた。君から電話があればと。君の言う通りだったよ、今夜は、とても、一人きりじゃいられそうになくて……」

落ちつかない間があいた。それからブルースが、

『何かあったのか？』

「何も。ただ少し前に変な電話があって、それで……君に会いたいんだ」

声が喉につまる。演技の必要などなかった。僕の喉には大きな岩が詰まったかのようだった。

ブルースがためらいを捨てて言った。

『今すぐ行くよ』


ハリウッドエリアの殺人課に電話をかけ、伝言を残した。それからリオーダンがくれた家の番号にかける。留守番電話の女の声が、用事があるならピーッと鳴ったら伝言を残せと告げた。

心底震え上がっていたが、僕はここで覚悟を決めた。

「アドリアン・イングリッシュだ」と名乗る。「友人のブルースが今電話をしてきたところで……ブルース、記者のブルース・グリーンだ。もしかしたら、彼が——彼が……」

ここまできても、心で信じていることを口に出してしまうのが怖い。すでに自分の仮説を疑いはじめていた。たしかにブルースは嫉妬深くて独占欲が強い。その子供っぽさは欠点だが、別れた恋人の様子を探りに車で家の前を通ってみたり、無言電話の誘惑にかられたりといった嫉妬に駆られたことのない人間がどれほどいるだろう。愚かだとは思うが、異常だとは決めつけられない。

無言電話だけが、僕の根拠だろうか。無言電話の主が店を荒らしたり花やカードを送ってきたのと同じ人物だというのは、ただの推測にすぎない。その相手がストーカーだという証拠もなければ、ロバートやクロードを殺した犯人だという証拠もない。それどころか、ロバートとクロードを殺したのが同一人物かどうかも本当のところはわからないのだ。

留守番電話が、僕の迷いと沈黙を録音しつづけていた。

「……今から、ブルースの家に行ってくるよ」

正確な住所は覚えていなかったが、僕は通りの名前と家の外観を電話に説明した。

「今、九時半だ。もし僕の身に何かあったら……」

その先をはっきりと言うことはできなかった。もしブルースについての仮説が間違っていたら、これは許しがたい裏切りになる。ただ独占欲が強いからというだけで、ブルースを殺人容疑者としてゲイ嫌いの警察官に差し出したも同じだ。

「証拠を探してくる」

最後にそう言って、電話を切った。

ブルースの家は暗かったが、玄関ポーチのライトだけが来客を歓迎するように光っていた。

僕は家に歩みよって、家の脇にあるゲートの掛け金を外した。前に思った通り、そこから家に沿って煉瓦の細道が裏手までのび、横玄関に通じている――たまに勘が当たるとうれしいものだ。

ありがちな鉢植えのヤシの間を通り抜けながら、横玄関のドアを歩きすぎ、裏の庭まで回りこむ。乾いたブーゲンビリアの枯れ葉が靴底で砕け、庭のパティオに散らばった。荒れ果てた茂みの中では子供用の遊具がきしみを上げ、ブランコがひとつ、風に揺れていた。

僕はポケットナイフを取り出すと、ブルースの寝室の窓にはまっている網戸をこじ開けにかかった。ブルースは僕の家へ向かった筈だが、そこで待ちぼうけを食わされた彼が引き返してくるまでどれだけ時間が稼げるか見当もつかず、恐怖と切迫感に追い立てられていた。

網戸を窓枠から持ち上げた瞬間、肩を後ろからつかまれた。僕はくぐもった悲鳴を上げたが、すぐにその口を別の手がふさいだ。

網戸を振り回す。茂みと家の壁に網戸がばたばたとぶつかった。

「いい加減にしろ！」

不器用にもがく僕の耳元に、きしり出すような声が囁いた。聞き覚えのある声だ。僕は暴れるのをやめ、網戸を放り出した。頭を振って、口を覆う手を払う。ぜいぜいと喘いだ。

「僕の心臓をとめる気か！」

「一体ここで貴様が何をしてる！」リオーダン刑事の両手が僕の肩にくいこんだ。「何が目的だ？」

月光に照らされたリオーダンの顔は恐ろしく、別人のようだった。まさに不法侵入の現行犯である僕は、自分の行為がはた目にどう見えるのか悟ってぎょっと立ち尽くした。

「いや、そういうわけじゃないんだ――」

リオーダンは問答無用で僕のセーターをまくりあげ、腰の周囲を探った。思わずとめようとつかんだ手は、すぐ振り払われる。

「両手は上げてろ！」

冗談を言っているわけではない、リオーダンの表情を一目見ただけでそれがよくわかった。僕は両手を頭の後ろで組む。リオーダンが僕の腰回りを乱暴に叩いて武器をチェックする間、すっかり気持ちが呑まれて何も言葉が出てこなかった。リオーダンは僕のベルトを片手でつかむと、足でこづいて両脚をさらに広げさせた。膝を付き、両手を僕の脚全体にすべらせていく。僕は後頭部に手を当て、ガーデニングの不細工な彫像のようにただ立ち尽くしていた。あたかもボディチェックなど受け慣れているかのように。

リオーダンが立ち上がった。

「頭がイカれてんのか、お前は」

「いや、僕は――」

答えてほしいわけではなかったらしく、リオーダンはかぶせるように吐き捨てた。「ボーイフレンドからまだ家の鍵はもらってないのか？」

僕は、数回の深呼吸をくり返す。過剰なアドレナリンと恐怖で、まだ頭がくらくらした。

「これは、そっちが考えてるようなことじゃないんだ。とにかく、何を考えていようと、そういうんじゃないから」

リオーダンは陰鬱に答えた。

「俺が考えているのはな、お前の不法侵入を押さえるのはもう二度目だってことだよ。どこかに行く時は必ず連絡しろと言っておいただろうが！」

「電話したよ。留守電、聞いてないんだろ？」

「貴様は、まったく……！」

言葉を失っているようだった。

「聞いてくれ」とにかく焦って、僕はリオーダンに手をのばした。彼は気をそがれた様子で、袖をつかんだ僕の手を見下ろしていた。「今夜起こった出来事でわかったんだ。思うに、きっと――ブルースだったんだ――」

「大当たりだよ、シャーロック」

リオーダンの声は険しかった。僕はうなだれて呟く。

「やっぱりな……何年かぶりにやっとつき合った男が、これだよ」

残忍な笑いが応じた。「お前はいい趣味をしてるよ。この家が誰の家なのか、知ってるか？」

「ブルースの家だろ」

「ここはグラント・ランディスが生まれ育った家だ。そして、彼が死んだとされている家だ」

僕はまばたきしてリオーダンを見上げた。

「されている?」

「ランディスは死んでいなかった。死亡届が出ていない」

「でも……」

僕の声は、途切れた。

「ランディスの両親が、息子は死んだと言って回ったんだ。ランディスは高校卒業後に自殺をはかり、精神病院に入れられていた。退院後、行方がわからなくなっている」

「何だって親がそんなことを?」

リオーダンは毒のある口調で返した。

「親にしてみりゃ、息子が死んでくれた方が都合がよかったからだろうよ。思うに、息子を精神病院に放りこんでとじこめたのは自殺だけが原因じゃない。ホモだったのが許せなかったんだろう」

喉がひりつく。僕は言いかかった。

「でも、ここにはブルースが——」

「ブルースが、ランディスなんだ。ブルース・グリーンという人間は、六年前に突如として世の中に現れた。それより前には免許の記録もクレジットカードの信用情報もない——あの男が存在した痕跡は何もない」

リオーダンは僕の腕をぐいとつかむと、門の方へ押しやろうとした。

「おしゃべりしている暇はない。あいつがどこへ出かけているのかは知らんが、いつ帰ってきてもおかしくないんだ」

「僕の家に行ってるよ」

「ああ?」

「ブルースに電話したんだ。家に来てくれって。そうすればその間に――」

「その間に何をする気だった、この大馬鹿野郎が! わかってるのか? あの男は殺人犯なんだぞ!」

「ああ、わかってるさ! でも警察は証拠がないと動けないって、自分でも言ってたろ? はっきりした証拠が必要なんだ、彼を――つき出す前に」

腕にくいこむリオーダンの手は、痣を残すに違いない。

「首をつっこむなと、俺は言った筈だ。はっきり言っただろう! どうすればお前はおとなしくなる? 逮捕すりゃいいのか?」

「手錠かけるのは大好きだろ?」

何でこの状況でそんな言葉が口をついて出たのかはわからないが、目の前の刑事が今にも職権濫用のラインを踏みこえそうなのはよくわかった。僕はあわてて言葉を重ねる。

「あんたは刑事だろ。自分で言ってたじゃないか。今のままじゃ警察には打つ手がないって」

「そうか？　手ならここにあるがな」リオーダンは自分の両手を僕の目の前でひらひらさせた。

「わかったわかった、お前は何かしたかったんだな。充分、力になってもらった。もうさっさと帰れ」

「僕の話を聞いてなかったのか？　僕ならこの家から——」

だがリオーダンにとっては僕の主張など最後まで聞く価値がないらしい。またしても、彼は途中でさえぎった。

「聞いてないのはお前の方だ。これは殺しの捜査なんだぞ。独断でこの家を監視しているってだけで、俺もう立場が危ないんだ」リオーダンは僕をぐいと押しやった。「とにかく失せろ」

「押すなよ」

僕はリオーダンを押し返した。一瞬、押し合う二人の間に荒々しく、濃密な空気が溜まる。ぴんと張りつめる緊張感は、恐怖や焦りからくるものだけではなかった。

「僕の人生だ、僕にだって少しは意見を言う権利がある筈だろ！」

「お前は何を言ってるんだ」

自分でもわからない。とにかくもう、周囲に振り回されてばかりいるのにうんざりしきっていた。僕はリオーダンを無視すると、自らゲートに向かって歩き出した。

不意に、リオーダンが僕を呼び止めた。

「くそ、アドリアン、待て。待てって！　計画変更だ。お前にはブルース・グリーンへの被害届を出してもらう。やってくれるか？」

僕は足をとめた。

「何だって？　何で気が変わった？」

リオーダンの表情はにぶい月光の下でほとんど読みとれなかった。

「今、チャンがこの家の捜査令状を取ろうとしているが、お前が被害届を出してくれればすぐにでもグリーンをストーカー容疑で署に引っぱれる」

「接触禁止命令が出たところで、それで彼がおとなしくなるとでも？」

「俺を信用しろ、な？」

きわめて大きなたのみと言えた。何しろ、懸かっているのは僕の命だ。

すぐには答えずにいると、リオーダンは両方の手を淡い金髪にくいこませ、大声を出した。

「アドリアン、とにかく、お前はもう帰れ！」

この時やっと初めて、リオーダンの神経が今にも切れそうなほど張りつめているのに気がついた。そうとわかると、まるで何か、磁力のようなものが彼の全身から放たれているのがひしひしと感じとれるほどだった。

「……わかった。帰るよ」

引き下がった僕は、家から数ブロック先に停めておいたブロンコへと向かって歩き出した。道を渡っている最中に、走ってきた車のヘッドライトに照らされた。車のスピードが落ちる。そこで停まった。

ウィンドウが下がる。

「アドリアン？」

僕は凍りついた。

「こんなところで何をしてるんだ？　君の家まで行ったのに」

何か言え、と自分を叱咤する。何か言うんだ――ブルースがアクセルを踏みこんでお前をぺしゃんこにする前に。

「ごめん！」と僕は声を張り上げた。「家で待ってたんだけど落ちつかなくって――何だか……誰かに見張られているような気がして」

「警察に？」

「いや――そうかな――わからない」

まったく、素晴らしい。レイサム夫人もさぞや僕を誇りに思うことだろう。

ブルースの声にはけげんな響きがあった。

「どうしてこんなところに車を停めてるんだ？」

「まともに考えられる状況じゃなかったんだ」これぱかりは本音だった。「……怖くて」

「何が怖い?」

お前が怖いよ。

ここで自分の車に向かって走り出したところで、ブルースに追いつかれる前にブロンコに乗りこんでドアをロックできるかどうか、僕には自信がなかった。リオーダンに向けて救いを求める叫びを上げる手もあるが、数ブロック離れたところから彼に悲鳴が届くかどうかもわからない。

証拠だ。今何より必要なのは、ブルースに対する証拠。

僕はぶるっと身を震わせて、言った。

「一晩中ここで立ったまま話すのか？」

ブルースが助手席に体を倒し、ドアをロック解除するのが見えた。

「乗って」

僕は、彼の車に乗りこんだ。

沈黙の中、車は道を走ってあの茶色と黄色の家に着く。ガレージのドアが開き、狭い闇の中に車が飲みこまれた。ガレージの入口がガタガタと音をたてて下りていく。

ブルースが車のエンジンを切った。

これまで閉所恐怖症になったことはない。だがこうして闇の中、ブルースの横に座っていると、ひしひしと身を包む圧倒的な危機感に今にも押しつぶされそうだった。

沈黙の後、やっとブルースは身じろぎし、口を開いた。

「さて。行こうか」

15

「今夜は随分緊張してるんだな」

ブルースが肘をついて身を乗り出し、僕のうなじにキスをした。

うつ伏せでブルースのそばに横たわって、彼に裸の背中をさらしているのはひどく無防備な気分だった。だがうつ伏せの方が、表情を見られずにすむ。

ベッドルームの網戸は外れたままで、闇の中でブルースはそれに気がついていないようだったが、僕は気になって仕方がなかった。リオーダンがいる筈だ——と自分に幾度も言い聞かせた。あの刑事が、どこかそのあたりにいる筈だ。ここでパニックにならない限り、僕の身はきっと安全だ。

だがここで、ふと、警察が突入してきたらどうなるのかという新たな不安がこみ上げてきた。ブルースは反撃するだろうか？　流れ弾がこっちに飛んでこないだろうか？

「ちょっと、体調が……」僕はブルースにもごもご言い訳した。「心臓の調子がどうも今ひとつで」

「ふうん？」

まるで嘘というわけでもない。緊張と恐怖で吐きそうだった。だが心臓の方は、意外としっかりとした鼓動を刻んでいる。今にも口から這い出してベッドの下に隠れたそうではあったが。

僕とブルースの車が戻ってくるより前に、リオーダンがすでに立ち去っていたらどうなる？　僕が今ここにいることを、彼がまったく知らなかったら？　もしこの瞬間、リオーダンが署に戻っていて、ブルースをストーキングで訴えるための手続きに追われているとしたら？

ブルースの手に背すじをなでおろされ、僕は身ぶるいした。彼がクスッと笑う。

「寒いかい？」

ブルースは足で、僕のふくらはぎをさすった。

床板がきしむ音がした気がして、僕は必死に耳をそばだたせた。横倒しに体をひねり、ブルースの肩を両腕で抱きよせる。彼は飢えたようにキスしてきた。熱く、濡れたキス。僕は小さな声をこぼした。慌てふためいたような音が出た。

ブルースが囁いた。

「本当だ、鼓動がとても早いね」彼は僕を離して、ごろりと転がるとベッドから立ち上がった。

「君の薬を取ってくるよ」

「いや――」

ほとんどとびつくように腕をつかみ、リビングルームへ向かおうとする彼を引きとめた。十五分ほど前に二人で脱ぎ捨てた服がリビングにあるのだ。ブルースは僕を見下ろしたが、廊下からの逆光で表情は読めなかった。

僕は早口に並べたてる。

「大丈夫だって、具合が悪いわけじゃないんだ、ただ気が張りつめてるだけのことだよ。ワインボトルを取ってくれないか」

言いながらベッドスタンドのピンクのゴブレットに手をのばして、あやうく時計をひっくり返しかかった。傾いた時計の、蛍光の数字がぱたぱたとめくれ上がる。僕の人生の残り時間のカウントダウンのように。

ブルースは僕の横に戻ってくると、腰を下ろし、ワインを飲む僕をなでさすった。

「愛してるよ、アドリアン」

僕は目を伏せた。たとえ自分の命を守るためであろうとも――決して、返事はできなかった。この言葉に嘘を返すのは、これまで彼が受けてきたどんな仕打ちよりも残酷な行為に思えた。

「今夜、俺はてっきり、君が……」

僕はグラスを置き、枕にもたれかかった。ブルースに手をさしのべる。

「……俺を嫌いになったんだと思った」

ブルースが呟いた。今にも泣きそうな声だった。僕も泣きたい気分だった。彼の背中を撫でる。

「君に嫌われるなんて、俺には耐えられない、アドリアン」

「ブルース――」

「君だけはずっと特別だった。初めて君を見た時からずっとだ。俺はもう二度と、誰のことも好きになんかなれないと思っていた。でも君といると、まだこんな気持ちになれる……まだ自分の中に、こんな部分があったなんて……」

「何も言わなくていいんだ」

ブルースの手が僕の太腿の間にのび、陰嚢をすくい上げた。僕は息をつめる。

ブルースは、親しげな、少し歪んだ笑みを浮かべた。「感じるかい？」

「わかってるだろ……」

彼はうなずき、なじんだ指で僕をもてあそんだ。

「ああ。君のことはよくわかってるさ」

驚いたことに、ブルースの正体を知って心の底から怯えているというのに、しかもリオーダンがすぐそばにいるかもしれないとわかっているのに、肉体は快感に反応しはじめていた。どこかに、たしかに、彼に対して向かっていく気持ちもあった――恐怖や怯えを超えた思いが。僕は、死を望んでいた十代の少年の姿を心から拭い去ることができなかった。その少年に何が起こったのか、どんな無残な重荷を背負わされたのか、忘れることができなかった。残酷な痛みと孤独に翻弄され、少年はモンスターに変貌してしまったのだ。

今、その怪物の涙が僕の指を濡らしていた。

ブルースが素早く膝立ちになった。僕の上に屈みこむ、彼の息が頬に熱い。

「どうしてほしいか教えてくれよ、アドリアン」

ブルースの体がのしかかってくる。大柄な体は重い。山のように。僕を生きたまま深々と埋めようというように。

「言ってくれ。してほしいんだろ？」

僕はブルースの頬を手のひらで包んだ。かすかなひげの感触がざらつく。彼は首を傾けて、僕の指を噛んだ。

「俺に挿《い》れてほしいだろ？」

これは罪悪感か？　後悔、憐憫《れんびん》？　なれ合い？

「ああ」

僕はかすれた声で答えた。

ブルースの手に導かれ、うつ伏せになる。ブルースの手は震えていたが、震えているのは彼だけではなかった。重ねた腕に顔をうずめながら、僕の心臓は激しく鳴りひびいていた。

彼の手が僕の尻を撫で、荒々しくさすって、尻肉を左右に広げた。濡れた二本の指が何の前触れや慣らしもなくぐっと侵入してくる。

唇を噛みしめ、僕はこわばった筋肉をリラックスさせようとした。勿論、初めてではないのだが、あまりにも久しぶりだ。

ブルースがもごもごと、謝罪と愛情の言葉を呟いた。

「大丈夫……」と僕は答える。

彼が押し入ってきた時、僕は悲鳴を上げないように腕で口をふさぎ、歯で噛みしめなければならなかった。準備が足りていなかっただけではない——ブルースは、コンドームをつけていなかった。何てことだ。リオーダンに向かって「セックスは安全第一のタイプ」と大見得をきったくせに、それが今、心の歪んだ連続殺人犯とゴムなしでセックスしているとは。安全とはなんだ、アドリアン？

僕は目をとじ、ブルースが尻を突き上げている間、何とか息を整えようと必死だった。痛々しいほどぎこちなく、ブルースは指を鉤爪のように僕の腰にくいこませて引きよせながら、がつがつと激しく、がむしゃらに突き上げた。闇雲で、怒りすらこもった、秩序のない動きだった。自分で同意したんだろう、と僕はめまいの中で自分に言い聞かせた。自分がこれを許したんだ。だから黙って受け入れろ。ここで悲鳴を上げようものなら、きっと誰かが死ぬ。多分、僕が。

ブルースの動きがさらに激しく、早くなり、僕の息は苦痛の喘鳴《ぜんめい》に変わった。彼の右手が僕の体の下にすべりこみ、ペニスをつかんでぐいっと引っぱった。痛かった。

僕は腕の中に、呻き声を殺した。目の裏にこみあげてくる涙をこらえる。

「愛してる、愛してる――」

　ブルースがくり返し喘いだ。

「君は俺のものだ、アドリアン。わかるだろう。俺のだ……永遠に――」

　彼は絶頂にのぼりつめ、汗まみれの体を震わせて、僕の上へ崩れ落ちた。無言の涙が、僕の背中をつたい落ちていった。


　ブルースが眠りに落ちると、異様なほどの静けさが部屋に満ちた。身じろぎするのも恐ろしいほどだ。

　横たわり、動かず、僕は耳をすましてひたすらに待った。

　廊下の向こうからかすかな音がした。

　僕は頭を上げる。ひるんで、様子をうかがったが、ブルースは心の重荷もなく安らかな眠りにまどろんだままだった。用心深く、僕はじりじりと彼から離れ、ベッドから抜け出そうとした。

　ギイッとベッドがきしむ。僕は固まった。ブルースは何の反応も見せない。僕はそっと、爪先立ちで廊下へ向かった。

　廊下やリビングの明かりはつけっぱなしのままだったので、廊下の奥に立つリオーダンの姿がはっきりと見えた。手に銃を抜いている。大砲のように大きな銃だった。

リオーダンと僕は、長く感じられる一瞬、じっと見つめあった。それからリオーダンが音を立てずに手招きし、合図を送った。すぐにそこから逃げろ、と。

背後のベッドで、ブルースが起き上がった。

僕は凍りついた。

「一体そんなところで何をしているんだ？」

今や、ブルースの声には眠りのかけらもなかった。

「何でもないよ」

僕はためらった。理性も感情も「逃げろ」と叫んでいたが、もし今ここから走り出したら事態がどうなるのか——この瞬間、感じた恐怖は言葉にして表すことができない。逃げ出せば凄惨な結末が待っている。それをとめられるかどうか、自分にできると思っているのかどうかすら定かではなかったが、僕はそれでも、何とかして時間を引きのばさずにはいられなかった。

「どこに行こうとしてるんだ？　ベッドに戻ってこいよ」

「もう遅い。帰らないと」僕はかすれた声で答えた。

「ベッドに戻るんだ、アドリアン」

ブルースの声には、どこか歪んだ響きがあった。

ほんのわずか前には、僕は彼の腕の中で横たわっていたのだ。まだ舌や唇に、彼のキスが感じられる。

僕はベッドに戻ると、ガラスの破片が散らばっているかのようにそろそろと、用心深く腰を下ろした。

ブルースが優しく、甘い声でたずねた。

「どうしたんだ?」

「どうもしてないよ」

自分の耳にさえ、その返事は不自然にはりつめて響いた。

沈黙。

それから、ブルースが無感情に呟いた。

「ああ」

たった一言だったが、だが僕にはわかった。彼にも、わかった。その瞬間、お互いがわかっていた。今夜一晩、二人は偽りを演じてきただけなのだと。心の奥ではどちらもすでに知っていたことを、先延ばしにしてきただけなのだと。

一瞬の、しなやかな動きで、ブルースはベッドから下りた。あっというまにベッドルームの戸口まで歩みよると叩きつけるようにドアを閉める。部屋が暗闇に沈んだ。僕の耳には自分の荒い呼吸の音と、窓を擦る小枝の音が響いていた。

欠けた月の光が、ドアのそばにたたずむブルースの輪郭をかすかに浮かび上がらせる。

僕はベッドに言葉もなく座りこんだまま、ブルースには廊下にいたリオーダンの姿は見えなかった筈だと信じこもうとした。リオーダンは素早く身を隠した筈だ――そうに違いない。

「ブルース――」

呼びかける。

「ああわかってるさ、アドリアン」

ブルースはまるで慰めるような口調だった。何故こんなことになったのか、どうして僕がこんなことをしたのかよく理解しているかのように。

ブルースの影が洋服ダンスの方へ動き、さらに暗い影に溶けこむ。引き出しを開ける音。服の擦れる、やわらかな音。何をしているのか見えないだけに恐怖はさらにつのった。

その時、鏡に映りこんだブルースの姿が見えた――闇にうっすらと白く浮かぶ体が。その姿が振り返り、薄闇の中に淡く浮かび上がったのは……笑顔だ。ブルースの笑顔ではない、人間の笑顔でもない。

それは笑顔のマスクだった。笑った骸骨《スカル》のマスク。のんびりとした動作で、ブルースはそれを自分の頭にかぶっているところだった。

後ずさった僕はベッドスタンドにぶつかり、倒れかかるランプを反射的に手で押さえた。鏡の中では骸骨《スカル》マスクの笑顔がこっちを向いたまま、ブルースは引き出しを手探りであさっていた。魅入られたように凝視する僕の前で、彼は何か、銀光を帯びたものをつかみ上げた。

ナイフ。

話しかける声が出ただけでなく、その声がほとんど落ちついていたのは、自分でも驚きだった。

「一体、どういうつもりだ？」

「どういうつもりに見えるかな？」

ブルースが、ナイフをかかげてゆっくりと近づいてくる。すべてが、演出された芝居のようだ。まるで現実味がない。

僕は手をのばして、ベッドサイドのランプをつけた。

明かりがつくと、まるで夜行性の生き物のように、彼は光の輪の外で立ちどまった。やはり光には力があるようだ。平凡な60ワットの電球であっても。

「消すんだ」

ブルースがしわがれた声で命じた。

僕は首を振る。視線はナイフに釘付けだった。やたらと巨大な刃に見えて仕方がなかった。鋭い、肉切りナイフだ。それが自分の胸に突き立つ様子を思い浮かべ、気力をかきたてて、僕は痺れていた頭をやっとフル回転させはじめた。

「ブルース、どうしてこんなことをする？」

「おや、それは実に馬鹿げた質問だよ」

「ブルース――」

「その名前で呼ぶな」

「じゃあどう呼んでほしいんだ？　グラントか？」

彼は身じろぎもせず立ち尽くし、まるで己の真実の名が持つ力を噛みしめているかのようだった。

「マスクを取れよ」と僕は言う。「もうごっこ遊びは終わっただろ」

「いいや、これが気に入ってるんだよ。何故かわかるかい？　いかにも象徴的だからさ。人間は、誰もが仮面《マスク》をかぶって生きているんだ。誰もが他人に見せるために、見せかけの顔をつけている。死神でさえもね」

切り刻まれるだけならまだしも、殺人犯からこんな御託まで聞かされなければならないとは。勘弁してくれ。

ブルースがマスクでくぐもった笑いをこぼした。

「一番気に入ってるのは、君がこれを怖がってるって点だよ。いいね。実にいい顔をしてるぜ。まだ君が発作をおこして倒れてないのが不思議なぐらいだよ。おもしろかっただろうにね」

「おもしろいという言葉はこの状況には不適切だと思うね」

一体リオーダンは何をしている？　何をぐずぐずしているのだ？　あと五分も経てば僕はきっと死人の仲間入りだ。三分かもしれない。そもそも、ブルースが僕を片付けるには一分もかかるまい。

ブルースから力ずくでナイフを奪えるかどうかを頭の中でシミュレーションしてみたが、まずありえない。ここは、しゃべり続けた方がよさそうだ。

「じゃあどんな言葉が君に適切かな?」ブルースが問いかけてきた。「裏切られた?　それとも、ヤられた?」

僕はごくりと唾を呑んだ。

ブルースが距離をつめる。

「どうした、お決まりの最後の言葉はなしか?　真実は常に苦いものだ。そうだろ?」

マスクの口から不安定な、神経にさわる笑い声がこぼれた。

「真実も痛むが、ナイフも痛むよ。言っておくとね」

僕は唇を湿した。

「一体何故なんだ、教えてくれ」

「何故って何が?」

「何でロバートとほかのメンバーを殺したんだ。アンドリューと……」

いきなり、もうそれ以上ほかのチェスクラブのメンバーの名前を思い出すことができなくなっていた。

「俺はアンドリューを殺してない」ブルースはむっとした様子だった。「神があいつを殺したんだ。自動車事故でね。あれこそ、俺の計画が正しいという天からの啓示だった」

「高校時代のいたずらの仕返しに人を殺せと、神から命じられたって言うつもりか？」

「いたずらだと？　あれが俺の人生を滅茶苦茶にしたんだぞ！　俺を破滅させたんだ。お前は何もわかってない！」

「なら教えてくれ」

スカルマスクの穴から、ブルースの目が僕をじっと見つめた。

「無駄さ。どうせ君にも、俺の気持ちは理解できっこない。前にも説明してみようとしたけど、わかってもらえなかった。いっそこんなのはどうだ？　俺に関わる出来事はすべて、全部、あのロバート・ハーシーと取り巻き連中のせいで起こったことなのさ。何もかもな！」

「そんなのは理屈にもなってない、ブル――グラント。そんなことを信じるほど君は馬鹿じゃないだろ――」

彼はあっさりと遮った。

「俺のことはもうどうでもいいんだよ。重要なのは君だ」

「僕？」

「ああそうさ、君だ。お前、お前！　お前だよ！」

そうわめきたてながら、ブルースはぐさぐさと宙にナイフを突き立てた。僕の口から、すすり泣くようなうつろな音がこぼれる。

ブルースがぴたりと手をとめた。

「泣くなって」優しい声だった。「誰でも、いつかは死ぬんだ」

生徒をポインターで指す教師のように、ブルースはナイフを僕にまっすぐつきつける。

「大体、君が悪いんだ。違うか？　俺には君を傷つけるつもりなんかなかった。絶対に傷つけたりはしなかった。君がわかってくれればな。こんなことになったのは君のせいだ。昔から君のことが好きだったのに——君は俺の存在なんか気づきもしなかったけど——」ナイフがヒュッと宙を切り裂いた。「気付きも！　しなかったけど！」

一閃したナイフが花柄の壁紙を長く切り裂き、僕の全身がすくんだ。ブルースがベッドをのりこえてこっち側に来たらどうなる？　追いつめられる。今でさえ充分追いつめられているのに。もっと狭い角に追いこまれて、あとはさっさと死ぬしかない。

ブルースはまた落ちつきを取り戻してきたようだった。

「俺は、君とまったく同じ授業を取ろうとしたんだぜ。いつも教室で君の後ろに座ってた。覚えてないか？　涙ぐましいだろ、そうじゃないか？　それどころか君は一度、この家にも来たことがあるんだよ。まったく、そこまで忘れられていたとはね」

「思い出してほしかったのか？」

僕はどうにかまともな声でたずねた。彼は少し考え深げな顔になった。

「葬式の時、教会で君を見て……俺は、あの刑事どもから君を守ってやりたくてたまらなかった。でも本当のところ、君はあの刑事どもがお気に入りなんだろ？　君はあの金髪野郎が好きなんだ」

「刑事と言えば」僕は言葉を押し出した。「ブルース、わかってるのか、君はもう逃げられないぞ。二度と刑務所から出られない」

「逃げたいとは思ってないさ。もういいんだ」ブルースはさらにつけ足した。「それにね、刑務所にも行くつもりはないさ」

どうにかして、しゃべり続けさせなければ。寝室のドアの向こうにはリオーダンがいる筈だ。ブルースに切り刻まれる前にどうにかあのドアまでたどりつけさえすれば。

「僕にもわかったぐらいだ、警察だってすぐ君のことに気がつく」

「それはどうかな?」

僕は、ドアに少しにじりよった。

「教えてくれないか。何でクロードを殺した? クロードが君に何をした?」

「誰だって? ああ、あの黒いのか。あれだって君のせいなんだぜ、アドリアン、君は俺のデートをキャンセルしようとしただろ、なあ。理由も説明せず、ただ俺をぴしゃりとはねつけた。だから後をつけて、行き先を確かめたのさ。君と電話で話してる最中も、俺はずっと店の近くに停めた車の中にいたからね。携帯電話でね」ブルースは無邪気に、自分の機知に酔いしれているようにつけ加えた。「ほら、電話転送サービスというやつさ」

「僕を見張ってたのか?」

生命の危機の瀬戸際にいることはわかっている。だがそんな状況でさえ、僕はプライバシー侵害に対する怒りがこみ上げるのを感じた。

ブルースも後ろめたそうに答える。

「君にまた会うのが待ちきれなかったんだよ。よく、あの通りの街路樹の下に停めて、ロバートの馬鹿を見てたものさ。それから、君を見るようになって……あの夜、君がどういうつもりなのかとついていって、あの黒いのと揉めてるのがわかったんだ。だから、あいつを片付けてやったんじゃないか」

ブルースは肩をすくめた。

「君の気を引くのにも丁度よかったしね」

ついに神経のどこかがぷつんと切れて、僕はドアに向けて走り出した。だが先回りしたブルースがドアの前に立ちふさがる。彼はナイフを振り上げた。ビニールのスカルマスクごしに、奇怪に濁った笑いがはじけた。

ブルースがナイフの柄を握り直す。僕をより薄く千切りにできるように。

僕は、一歩下がった。

ブルースがゆっくりと言う。

「どんな感じなんだろうとずっと思ってたよ。いざ、この瞬間がきたら」

「……僕もだよ」

ナイフの刃に視線が吸いよせられて、目をそらすことができない。

「俺たちはきっとうまくいったんだ。その筈だよ、アドリアン」

「どうかな。僕の気を引こうとするたびに友達を一人ずつ殺してたら、いずれ行き詰まりそうだけどね」

喉までせり上がった心臓が激しい鼓動を打っているせいで、一言ずつを押し出すのも難しかった。

ブルースがナイフを持ち上げ、それで額をかく。ナイフの先端がマスクに穴をあけ、そこから小さな血の玉が盛り上がった。見つめていると、玉は滴にふくらんで、骸骨の顔をゆっくりつたい落ちた。

「本当に愛してるんだ」ブルースが囁く。「君なしでは、俺はからっぽだ」

彼の声には涙がにじんでいた。僕は懇願する。

「ブルース。考え直してくれ」

くそっ、リオーダン、一体どこにいるんだ？

「俺たちは一緒に死ぬのさ。真の恋人がそう運命づけられているように。まるでロミオと……」くすくすと、ブルースは不気味に笑った。「ロミオのようにね」

とにかく何でも思いついたことを言って時間を稼ごうと、僕は必死に口を開く。

「そうだな。でもその後はどうなるんだ？」

「後がなんだって？」

窓の外で何かが動いた。僕もブルースもそちらを向く。ブルースが左手で僕をぐいっと抱えこんで自分の前に引きずり出した瞬間、窓が粉々に砕けてガーデニング用の鉄椅子が寝室にとびこんできた。続けざまに、リオーダンの巨躯も。

まるで映画のシーンのようだった。宙を舞ったリオーダンは肩から床に受け身を取ると、ぐるりと一転して片膝をつき、こちらへ向けて銃をまっすぐにかまえた。脳の、どこか痺れた片隅で、僕はリオーダンのなめらかで無駄のない動きに感嘆していた。

ブルースは僕の喉に腕を回し、自分にぴったりと引きよせて、リオーダンへの盾にした。彼の息が僕の耳元に熱くくぐもり、その頬が僕の頬に重なる。合わさった肌が汗ばんでいるのがわかった——それとも汗ばんでいるのは僕自身の肌なのか。背後からあからさまな勃起も押しつけられて、吐き気がこみ上げた。

ここで死ぬのだ——と思った。あと一分か、そこらのうちに。

自分の死については、もう長い間随分と考えてきた。だがよもやこんな最期を迎えるとは。予想だにしていなかった。

「ナイフを、下ろせ」

リオーダンは落ちついた口調で、さとすように話しかけた。

一方のブルースは、興奮で全身が小刻みに震えていた。僕の喉につきつけられたナイフも、こめられた力のあまりぶるぶると揺れている。

「嫌だね！　お前が銃を下ろせよ。でなきゃアドリアンを殺すぞ！」

「どっちにしたって殺すんだろ」

と僕は反射的に呟いていた。

喉をぎりぎりと締め上げられ、声が出せなくなる。

「黙れ！」

ブルースの怒鳴り声は、水中のようにぼんやりと聞こえた。足元から闇がせり上がってくる。その奥では星のような光がチカチカと光っていた。息が弱い喘ぎになり、僕の体からぐったりと力が抜けていく。

ブルースの腕がゆるんだ。僕はぜいぜいと息を吸いこむ。リオーダンがなだめようとしている声が聞こえた。

「いいや、ブルースはそんなことはしないさ。そんな馬鹿なことをしたりはしない。お前はもっと利口な男だ、そうだろう、ブルース？」

「黙れ」

ブルースがまた脅した。大きく喘ぎをくり返し、僕はやっと膝に力を取り戻した。

リオーダンは相変わらず悠然とした口調で、いかにも事態を掌握しているのは自分なのだと印象づけようとしていた。

「ブルースはお前を傷つけるようなことはしない。だな、ブルース？　少し話をしようじゃないか。お互い、話し合えば――」

「じゃあこんな話はどうだ！」

ブルースの手がいきなり動き、僕の耳の下に鋭い痛みが走った。ほとんど即座に、リオーダンが怒鳴る。

「ブルース――てめえ、頭をふっとばしてやる！」

仁王立ちになったリオーダンは、僕らからほんの数歩しか離れていない。彼が僕の頭に向かって狙いを引き絞った銃が、ひどく巨大に見えた。銃口の中までのぞきこめる。まるで、トンネルのようだ。

リオーダンが続けた。少し息が荒く聞こえた。

「貴様の脳みそを壁にぶちまけてやる――」

「もうどうでもいいさ」

ブルースの声はもう、すすり泣きだった。泣いていても僕の喉にぴたりとつきつけられたナイフはずれない。耳の下の痛みはおさまった気がしたが、何か熱いものが首すじをつたい落ちていくのがわかった。まさか――首を切られたのか？

「どうでもよくはないだろう、ブルース。どんなに自分が頭のいい男か、世間に見せつけてやらなくていいのか？　お前がどれほど賢い男か、アドリアンに見せてやった方がいいんじゃないのか？」

「適当なことを言うな！　お前は間違ってる！　何もわかっちゃいないんだ！」

「わかってるさ。何よりわかってるのは、無線で知らせたからもうすぐ増援が来るということだ。すぐだよ。ほら、聞いてみろ」

言われるまま、耳をすます。その時までまったく聞こえていなかったが、たしかに近づいてくるサイレンのうなりが一瞬ごとに大きさを増し、ついには耳をつんざくような叫びになった。

僕を拘束するブルースの腕がかすかに動いた。

「どうせ間に合わないさ」

そう呟く。そのブルースの声は、突如として落ちつきを取り戻していた。おだやかと言ってもいい。いい兆候ではない、と直感した。

僕は、リオーダンと目を合わせた。リオーダンはずっと僕を直視せずにいたのだが、ここにきて初めて、まっすぐに僕を見つめた。

リオーダンの考えを、果たして自分が正しく読めているのかどうかはまったく自信がないいま、それでも僕はブルースの二の腕の急所に指を当てた。ぐいと指をくいこませながら、相手の右足に自分の右足を絡め、思いきりねじってブルースのバランスを崩す。太極拳《タイ・チー》の本にあった通り――信じられないことに、うまくいった。

凄まじい轟音が寝室に響き渡り、幾重にも跳ね返った。漆喰のかけらが顔と髪に叩きつけられる。僕の喉を締め上げていたブルースの腕がゆるんで、だらりと落ちた。ナイフを持つ手も落ち、その途中で刃先が僕の胸元と肋骨の上を三日月型に浅く切り裂いていった。さらに二の腕の肉も削がれる。

僕は茫然自失で、よろりと下がった。

リオーダンが、ライフル協会のポスターにふさわしいほど見事な体勢で、もう一度発砲した。完璧なスタンス。完璧な狙い。目を見開いて見つめる僕の眼前で、ブルースの胸の中心に大きな赤い血の花が開いた。真紅の色がみるみる拡がっていく。

ゆっくりと、スローモーションのように、ブルースは壁にもたれてずるずると崩れ、力なくカーペットに倒れこんだ。背後の壁に赤黒い痕がくっきりと残っていた。

ベッドルームのドアが開き、音もなく揺らいだ。

ナイフの柄を握っていたブルースの指がゆるみ、ゆっくりと刃を手放す。マスクの向こうで、ブルースの目がとじた。

死者が自ら目をとじることはない。

その考えが頭をよぎった瞬間、ブルースの目がふたたび開いた。その二つの目は、死者にしかありえない凍りついたまなざしで、じっと床を見つめていた。

「大丈夫か、お前《ベイビー》?」

リオーダンが歩みよってくる。僕はやっと、自分に話しかけられているのだと気付いた。

混乱した頭の中を引っかき回す。やっと答えられる言葉を見つけた。

「うん……」

声がひび割れ、僕はもう一度言い直した。

「ありがとう。……ありがとう」

リオーダンの手が僕の裸の肩をなで、首の後ろをつかんで引きよせられた。僕はよろめくように彼にもたれかかり、リオーダンの首の根元にぐったりと頭を預けて、荒い息を整えようとする。リオーダンの心臓は凄まじい勢いで鳴っていた。息をつくごとに彼の胸板が大きく盛り上がり、沈みこむ。

そのまま、僕らのどちらも何も言わなかった。

サイレンは巨大になり、まるでパトカーがキッチンに突入してきたかのようだ。正面のドアをドンドンと叩く音が響き、家が揺れる。リオーダンは銃をホルスターにしまってバッジを取り出し、僕の前に立った。次の瞬間、玄関のドアが音を立ててはじけ、その向こうから制服姿の警官たちが銃を手に次々となだれこんできた。


「あの発砲は、正当だった」

チャンがそれを言うのは、三回目だった。

もう夜明けが近い。僕は服を着ていた。救急隊員に看てもらって胸の傷はテープでとめられ、腕と喉には包帯が巻かれていた。

山ほどの質問に答えさせられた末、今はチャンと一緒に家の外に立って、鑑識がせわしなく動き回りながら憂鬱な仕事を片付ける様子を眺めている。

白黒のパトカーが道を埋め尽くすほど停まっていた。ランディス家の庭や家回りの遊歩道には立ち入り禁止のテープが張り渡され、未明のこの時間ですら野次馬が黄色いテープの向こうに群れはじめていた。頭上の木々では鳥たちがさえずり出している。

「俺は、自分でも小説を書いてみているんだ」チャンがそう打ち明けながら、深々と煙草を吸いこんだ。「そのうち、できたら読んでもらえないだろうか。ほら、何だ、正直な感想を聞かせてほしい」

「いいよ」

僕は制服と私服が入り混じった人波に視線を流したが、リオーダンの姿は見つけられなかった。

「捜査小説なんだ」

そう言われてうなずきはしたが、ほとんど耳に入っていなかった。

突如として、リオーダンが目の前に出現した。彼はチャンに声をかける。

「俺がミスター・イングリッシュを家まで送っていくよ、ポール」

チャンが奇妙な表情を浮かべながら返事をした。

「そうか……いや、だが、監察官は待たなくていいのか？」

「奴らが何だって？」

チャンは僕をちらっとみてから、肩をすくめた。吸い殻をポーチの上に捨て、踵で踏みつぶす。

僕とリオーダンは立ち入り禁止のテープをくぐって外に出た。警戒心丸出しで道をあける野次馬の間を抜ける。沈黙の中、二人で薄暗い通りを歩き、僕がブロンコを停めたところまで歩いた。もう遠い昔のことのようだ。

リオーダンがさし出した手のひらに、僕は車の鍵をのせる。リオーダンは助手席の鍵を開けると、ぐるりと回りこんで、運転席のドアを開けた。助手席に座った僕の横へ乗りこんでくる。

エンジンをかけた。

僕は、リオーダンに話しかける。

「まだ、ファーストネームも教えてもらってないんだけど」

「ジェイクだ」

リオーダンが僕を見つめた。

わずかな時間。それから、目をそらした。

エンジンが温まるまで、さらに沈黙が続いた。リオーダンは大きなあくびをすると、両手で顔をごしごしと擦った。ちらっと僕を見る。

「なあ。これは楽にはいかないぞ、アドリアン」

「今後の捜査のことか？」

正当な発砲であろうがなかろうが、犯人を射殺した刑事の立場は難しいものだろう。

「いいや」

リオーダンが例の歪んだ微笑を僕に向けた。

「そうじゃない。事件とは、別の話だ」

僕は窓の外を見つめた。チャッツワースの丘を夜明けの光が包み、景色を鮮やかに照らし出していく。

こんな朝だというのに、僕の口元には微笑が浮かびはじめていた。

アドリアン・イングリッシュ 1
天使の影

2013年12月25日　初版発行
2016年12月25日　第 3 刷

著者　ジョシュ・ラニヨン［Josh Lanyon］

訳者　冬斗亜紀

発行　株式会社新書館
〒113-0024 東京都文京区西片2-19-18
電話：03-3811-2631
［営業］
〒174-0043 東京都板橋区坂下1-22-14
電話：03-5970-3840
FAX：03-5970-3847
http://www.shinshokan.com

印刷・製本　株式会社光邦

Printed in Japan　ISBN 978-4-403-56015-6

深雪の声が、細く、かすれていた。

大鳳の頭は、かっと熱くなっていた。深雪に対する愛おしさが、かつてない強さでこみあげた。細い、温かい彼女の身体を、できるだけ自分の肉体のそばにひき寄せたかった。女の体温を、心ゆくまで自分の身体に感じてみたかった。

座ったままうつむいている深雪に近づき、大鳳は、その肩に手を置いた。

細い肩だった。

手を伝って、大鳳から深雪に向かってゆっくり流れていくものがあり、深雪から大鳳に流れてくるものがあった。

「おれ……」

大鳳が言った時、深雪が立ちあがってしがみついてきた。

大鳳も、夢中で抱きかえしていた。

腕の中に、柔らかな肉の温もりがあった。深雪の身体が、小刻みに震えていた。

これ以上は、もう無理なくらい、大鳳は腕に力を込めた。

初めて腕にした女の身体だった。それだけで、しびれるような甘い快感が体中に広がっていた。

深雪の髪の匂いが、大鳳の鼻をくすぐった。

髪の中に、大鳳が手を差し込むと、深雪が顔を仰向《あおむ》かせた。眼を閉じていた。

ふっくらとした、唇が見えた。

その唇に、大鳳は、自分の唇を重ねていた。

大鳳にとっても、深雪にとっても、それは初めての異性の唇だった。

濃くなりかけた闇が、教室内に、静かに漂っていた。

「いい図だなあ、おい——」

薄闇の中に、ふいに低い男の声が響いた。

ふたりは、びくっとして、あわてて身体を離した。

入り口近くにある灯りのスイッチが入り、パッと室内が明るくなった。

そこに、坂口が立っていた。

まわりに、さきほどの四人の男たちもいた。

「遠慮はいらねえ。続きをやってくれ」

坂口が言うと、男たちが、下卑た歓声をあげた。

「ねえ、あなたン」

「やめちゃいや」

「おっぱいを触ってちょうだい」

女の声をまねて、鼻にかかった声を出す。

「やめてくれ!」

大鳳は叫んだ。

口笛が鳴った。